善鬼の面

大江戸定年組

風野真知雄

角川文庫
23511

目次

主な登場人物

◆初秋亭

藤村慎三郎《ふじむらしんざぶろう》　北町奉行所の元同心
夏木権之助忠継《なつきごんのすけただつぐ》　三千五百石の旗本の隠居
七福仁左衛門《しちふくじんざえもん》　老舗の小間物屋〈七福堂〉の隠居
加代《かよ》　藤村の妻
志乃《しの》　夏木の妻
おさと　仁左衛門の妻
安治《やすじ》　飲み屋〈海の牙〉の主人
藤村康四郎《ふじむらこうしろう》　藤村慎三郎の嫡男。見習い同心
鮫蔵《さめぞう》　深川の岡っ引き
入江《いりえ》かな女《じょ》　初秋亭の三人が師事する俳句の師匠
寿庵《じゅあん》　腕の良い蘭方医
夏木《なつき》洋蔵《ようぞう》　夏木権之助の三男。京都で骨董について学ぶ

第一話　善鬼《ぜんき》の面

一

空は見る見るうちに禍々《まがまが》しい黒雲におおわれていった。太い雲が一筋、西からやって来て、大きくとぐろを巻いたようにも見える。お城の上空や、お浜御殿《はまごてん》のあたり、そしてここ深川《ふかがわ》の真上では、巨大な獣が息をひそめているような気配があった。

まもなく、

かりかり。かりかりかりかりっ。

と、嫉妬《しっと》が混じった怒りのような、かすれてはいるが鋭い音がしはじめるとすぐに、どーん。

と、雷の破裂音が轟《とどろ》いた。霊岸島《れいがんじま》あたりに落ちたのではないか。こうなると止まらない。稲光が空にいくつものかぎ裂きをつくっていく。

そんな空もようを、深川熊井《くまい》町にある〈初秋亭《しょしゅうてい》〉の二階の窓から、三人の男たちが並んで眺めている。

「うぉお、凄《すご》いな」

と、藤村慎三郎《ふじむらしんざぶろう》は、のん気な口調で言った。

「ああ。雷公《らいこう》のおでましだ」

嬉《うれ》しそうに言ったのは、夏木権之助《なつきごんのすけ》である。

「よお、雨戸を閉めようよ。いまにも落ちてきそうだもの」

七福仁左衛門《しちふくじんざえもん》はすくみ上がっている。

「なあに、閉めたって、落ちるところには落ちるのだ」

と、夏木は平然としている。「雨戸の隙間から入って、中にいた男が黒こげになっていたって話も聞いたことがある」

「そうそう。夏木さん、せっかくだから、雷を題に発句《ほっく》をつくろうぜ」

「そりゃあいい」

そんな二人のやりとりに、

「まったく、お侍ってえのはこれだからな。怖いものを素直に怖がらないんだから」

と、仁左衛門は文句を言った。

発句は三人の共通の習いごとである。同じ時期に隠居をして以来一年以上経つが、師匠について月に一度の割合で句会にも出席している。そろそろ三人で、句集をつくろうかなどという図々《ずうずう》しいような話も出てきているくらいだった。

「よし、できたぞ」

夏木が早かった。

雷獣が落ちて刻みし石の像

「神社の狛犬《こまいぬ》を思い出したのだ」と、夏木が言い、

「なるほど」と、藤村はうなずいた。

発句なんぞいつもは苦もなく十句二十句くらい立てつづけにつくる仁左衛門が、今日は調子が出ない。

すぐそこらへんで、

しゅぱぱぱ、どーん。

と轟いたあと、ようやく雨が来た。凄い降りである。川面《かわも》が細かく縮れたようになって震えている。こうなると、雷は下火になる。

「そういえば、江戸《えど》ってところは、やたらに雷が多いんだってさ。上方《かみがた》から来たという越後屋《えちごや》の手代に聞いたんだがね」と、仁左衛門は言った。「大きな声では言えないが、江戸は公方《くぼう》さまのお住まいにはふさわしくないらしいよ」

「ほう」と、夏木はたいして興味もなさそうにうなずいた。

「それで、あっしが、じゃあどこがいいんだ、京都か？　と訊《き》くと、京《きょう》は化け物が多いんだと。大坂《おおさか》かと訊くと、あそこは地盤が悪いらしい。じゃあ、どこがいいと訊いたら、そんなことは天下人になったら考えることだと言いやがった」

「なんだ、ひどいやつだな」

と、夏木が苦笑した。

そんな他愛もない話をしているところに——。

「おや、誰か来たのではないか」

夏木が階下を指差した。雨の音はやかましいが、人の声を聞きつけたらしい。

「そうかい？」

仁左衛門が下をのぞきこむと、

「あ、できた」

と、藤村が筆を動かした。

雷鳴や来たりし人の声青し

「ああ、顔色だけじゃなく、声も青ざめてるってわけだな」と、夏木が言った。

仁左衛門が下に降りていき、

「しまがら屋の与左衛門《よざえもん》さんだよ」

と言った。

「そういえば、仁左から近々来るって聞いていたっけ」

「雨に祟《たた》られて大変だったろう」

案の定、しまがら屋はびしょびしょになってしまったらしい。橋の中ほどで降られ、雨宿りする暇もなかったと言っている。ここで傘を借り、連れてきた小僧がひとっ走りもどって、着物を取ってくるという手筈《てはず》になったようである。

あいにくと、予備の着物などは置いていないので、そのあいだ、しまがら屋は裸のままで話をすることになる。

「いやあ、こんな格好で申し訳ないよ」

と、しまがら屋は恐縮している。

「なあに、気にしなさんな。なんだったら、あっしらも裸になるかい」

「あっはっは」

笑いながら二人は二階に上がってきた。さすがにふんどし一本は恥ずかしいらしく、手ぬぐいを二本、両方の肩から着物の襟のように垂らしているが、かえって滑稽《こっけい》に見える。

「こりゃあ、いい景色ですねえ」

窓から外を見て、しまがら屋は感歎《かんたん》の声をあげた。

雷はたちまち通り過ぎていき、黒雲は薄れて、雨は小止《こや》みになっている。海のほうでは陽が差しはじめていた。

「へっへへ、いいだろ」

と、仁左衛門は謙遜《けんそん》もしない。

三人とも、自慢の景色である。左手に石川島《いしかわじま》と佃島《つくだじま》が重なり、真ん前が霊岸島と鉄砲洲《てっぽうず》あたりで、身を乗り出せば右手に永代橋《えいたいばし》が見える。晴れた日には正面に富士《ふじ》をのぞむこともできる。この景色に惚《ほ》れ込んで借りた三人の隠れ家だった。

「七福堂さんとはときどきお会いしていまして、夏木さまや藤村さまのお話はしばしばうかがっておりました」

裸のまま、しまがら屋与左衛門はあらためて頭を下げた。

しまがら屋は、日本橋《にほんばし》の室町《むろまち》二丁目にある大きな小間物問屋である。卸《おろし》もするが、職人を大勢雇っていて、ここだけでしか手に入らない品もたくさんある。

もとは呉服屋で、屋号のとおり縞柄《しまがら》のしゃれた反物を多く扱ってきた。その縞柄を使って先代が小間物をつくりはじめると、こちらは火がついたように売れだした。

いまも反物は扱うが、圧倒的に小間物のほうが人気は高い。

仁左衛門に言わせると、じっさいここの縞柄は、色の組み合わせになんとも言えず品があるのだという。

「ほら、兄貴はあの与一郎《よいちろう》だよ」

仁左衛門がそう言うと、藤村と夏木は懐かしそうに目を細めた。

ざぶん、ざぶんと大川《おおかわ》(隅田川《すみだがわ》)に飛びこんでいく子どもたち。その光景や水の音、身体のまわりで踊る泡の感触などを、三人はいつだって思い出すことができる。

「やっぱり似てるよな。与左衛門さんは、兄貴とはいくつちがいだい？」

と、藤村が訊いた。

「はい。二つちがいでした」

与一郎は二十歳くらいのとき、流行《はや》り病で亡くなっている。

「あんたは川にはあまり来なかったよな」

「兄貴とちがって、どうも水が苦手でして」

与一郎は、藤村たちの大川の水遊びの仲間だった。

大川は初秋亭の三人にとって、故郷のようなものである。

元北町奉行所同心《どうしん》の藤村慎三郎。

三千五百石の旗本である夏木権之助。

老舗《しにせ》七福堂のあるじ仁左衛門。

いずれも倅《せがれ》に家督をゆずって隠居となった三人だが、身分ちがいのこの三人が親しくなったのも、大川の水練がきっかけだった。十二から十五の夏まで、十年ほど前に亡くなったもう一人とともに夏になると毎日のようにこのあたりに来て、泳ぎまわった。

四人ほど熱心ではなかったが、よく泳ぎに来るのはほかにもいて、しまがら屋の与一郎もその一人だった。

「そういえば与一郎は、もぐりがうまかったな」

夏木が大川を見ながらそう言うと、

「そうだ。仁左ともぐりっこして、いい勝負してたくらいだもの」

と、藤村も思い出した。

「あっはっは。よくあいつと、水底からしゃれこうべを拾ったもんだったよ。大川の河口は土左衛門が多いからね」

「そうそう、仁左たちはよく拾っておったな。貝かと思うと、しゃれこうべだった。まったくガキのころというのは妙なことをするもんだな。それにしても、拾った骨はあのあと、どうしていたんだ？」

と、夏木が訊いた。

「ちゃんと御船手組《おふなてぐみ》の番所に届けてましたよ。でも、届けると、嫌な顔されるんだよね。余計なもの拾ってくるなって感じで。与一ちゃんなんざ、その嫌な顔が面白いのでわざと届けてたんだから」

「兄貴はそういうところがありましたよね。うちの倅も、兄貴に似たのかもしれません」

しまがら屋は、困った顔を見せた。

「それで今日はね、この初秋亭のよろず相談のことを耳にして、ぜひ相談したいことがあるんだそうだ」

と、仁左衛門はしまがら屋に自分で話しなというようにうなずきかけた。

「はい。ぜひ、お三方に」

「隠居仕事ですので、そうたいしたことはできませんぜ」

と、藤村が代表したように言った。

三人で始めたよろず相談は、このところ訪れる人が引きも切らない。もっともその大半は、留守番と猫探しの依頼なのだが。

「いいえ。大変に頼りになると評判です。じつは……」

しまがら屋は照れ臭そうに手を月代《さかやき》のところに当て、

「倅が変なんです」

と、言った。

「倅なんざ、みんな変だろう」

と、藤村が笑うと、

「まったくだ」

「あっしのところも変だぜ」

夏木も仁左衛門もうなずいた。

「お面をはずさないんです」

「あ、そりゃ変だ」

と、藤村は笑いを引っ込めた。

「三之助《さんのすけ》という手前の倅なんですが、十日ほど前から面をかぶったまま店に出てきたり、町を歩いたりしてるのです」

「なんの面だい？」

藤村が訊《き》いた。面と言われて思い浮かぶのは、天狗《てんぐ》の面か、狐の面くらいである。

「お能の面です。わたしはお能のことはよく知らないのですが、よく見るような、白塗りののっぺりした女の面です」

「ああ、あれね」

藤村はお能などにはとんと興味も縁もないが、どういうものかは想像がついた。お多福が真面目になったような顔をしたやつだろう。

夏木のほうは多少、心得もあるらしく、小さくうなずいただけである。

「最初は気でもおかしくなったのかと心配したのですが、そう支離滅裂なことを言うでもありません。いちおうまともな口を利いています。だから、あれなりに何かしらの理由はあるのかと」

「倅はいくつだい？」

と、藤村が訊いた。三人でいるときはだいたい藤村が訊き役になる。奉行所《ぶぎょうしょ》で鍛えた手練手管もあるので、これはしょうがない。

「十八になりました」

「難しい年ごろだ」

「なあに、ろくでもないところは大人顔負けです。吉原《よしわら》にも通いましたし、なじみの女もいたくらいです。五つ年上の芸者が、若旦那《わかだんな》に捨てられたと、ねじこんできたこともありました」

「それは凄《すご》い」

と、浮名の数では初秋亭一の夏木が、羨《うらや》ましそうな顔をした。

「まあ、今回は女には関係ないのでしょうが、気味が悪くてしょうがありません。女房や妹も怖がってしまいまして」

「与左衛門さんも叱ったんだろ？」

「それは言いました。やめてくれと。でも、聞きはしません。いいだろう、別に。誰に迷惑をかけているわけじゃあねえんだから。と、こうですから」

「たしかにお面をかぶって歩くのは悪事ではねえわな」

「みっともないから、とも言いました。すると、面をかぶってるんだもの、どこの誰かもわからない。みっともないなんてこと、あるわけないだろうと」

「なるほどな」

藤村はついうなずいてしまう。なかなか弁が立つ若旦那らしい。

「さっきも申しましたように、あれは兄貴似なのか、ちと突飛なところがありまして、育てるのには苦労しました。しかも、途中で母親も替わりましたから。あれは死んだ母親のほうが相性がよかったんでしょう。あれの母親はだいぶ変わった女でしたので、あっちにも手を焼いたものです」

しまがら屋は、眉《まゆ》をひそめ、こうるさそうな顔になった。

「おさださんだろ。魅力のある人だったよ。ああいう人は家におさまると面倒なんだよ。そういうもんなんだよ」

と、仁左衛門が口をはさんだ。しまがら屋の前の女房をよく知っていたらしい。

よくある話である。小さいころにじつの母を亡くし、若旦那の性格がいくらか屈折してしまったところもあるかもしれない。だが、面をかぶることと、若旦那の性格というのが関係があるのかどうか……。

「家でもかぶってるのかい？」と、藤村は訊いた。

「あれの部屋にいるときはかぶっていないと思います。でも、店のほうに出てくるときや、外に行くときはかぶってます」

「商売に差し支えるだろうが？」

「それはとくにはありません。わたしもまだ隠居したわけではないので、あれは見習いのようなものです。ただ、あれは品物を見る目はなかなかのもので、店で職人たちがつくる小間物の出来具合を見たりはしていますが、とくに不都合はありません。職人たちも、もともと突飛なところがある若旦那のやることだからと、納得しちゃっているみたいです。配達や客の相手は別の者がやりますし」

藤村は腕組みし、すこし考えてから、

「怪我はしてねえだろ？」

と、訊いた。

「怪我？」

「顔が醜くなって、誰にも見られたくねえなんてこともありうるだろ。喧嘩《けんか》で殴られたりして痣《あざ》ができたりすると、みっともないと出歩かなくなってしまうかもな」

藤村はそう言って、頭に手をやった。

ちょっと前の依頼の件で、藤村は神社の巫女《みこ》が振り回した剣で髷《まげ》を落とされた。そのため、いまも後ろですこし摘《つま》んだだけといったおかしな髷になっている。また、その前は顔を蹴《け》られて大きな痣をつくっていたときもある。

「だが、三之助は出歩いているのだろう。しかも、わざわざお面をかぶって、目立っているくらいだぞ」

と、夏木が異議を唱えた。

「そういえば、知り合いに自分の顔が嫌いになり、いつも手ぬぐいで顔を隠しているという娘がいたっけ」

と、仁左衛門が別のほうに思い至った。

「ほう」

夏木が興味を示した。

「心ない一言で傷ついてしまいましてね。おかめとか言われたみたいで」

「そりゃあかわいそうに」

と、藤村もうなずいた。その手の意地悪を言ったことがない男というのも少ないだろうし、軽いからかいの気持ちで言ったりもする。だが、言われたほうはひどく傷つく。娘を持ってようやくその手の言葉の残酷さに気づいたという親の話もよく聞いていた。

「でも、男だからな」

「いい男だって言われます」

と、しまがら屋は言った。「それにちらっと見たぶんには、とくに怪我などはしてなかったようです」

「じゃあ、ちがうか」

藤村も自分の推測にこだわらない。あれやこれやと三人は知恵を出し合うのが習慣になってきている。

「いま、もどりました」

と、下でかわいい声がした。小僧が旦那《だんな》の着物を持ってもどってきたらしい。

雨もすっかり上がっている。これで陽が照ると、蒸しはじめるのだ。

いかにも上等な絽《ろ》の着物を着終えたしまがら屋に、藤村は、

「とりあえず、若旦那のあとをそぉっとつけてみましょう。おそらくそれで、なんのためにやっているかはわかると思いますぜ」

と、言った。

二

しまがら屋は、とりあえず一安心といった顔で帰って行った。

いつの間にか、手土産が置かれてあった。日本橋の塩瀬《しおせ》の本饅頭《まんじゅう》である。

「こりゃあ、贅沢《ぜいたく》な饅頭だ」

と、藤村はさっそく手を伸ばした。

「家康《いえやす》公が武田《たけだ》の騎馬隊と戦ったとき食べたってやつだろう」

あまり甘いものは食べない夏木もめずらしがった。

「それで負けたんじゃなかったかい？」

「いえ、勝ったほうの戦いですよ」

と、仁左衛門が饅頭をかばった。

結局、夏木が一つと、藤村と仁左衛門は二つずつ摘んだが、それでもずいぶん余っている。

「さすがに気前のいいこった。とても食いきれねえ。そうだ、たまには隣りの番屋に差し入れてやろうか」

「ああ、それがよい」

藤村は箱を抱えて、初秋亭の隣りにある番屋に顔を出した。

この番屋は、永代橋のほうにあったのが火事で焼けて移ってきた。それからずいぶん経つ。来たばかりのころは、なんて迷惑なものが来たのかと思ったが、近ごろは気にもならない。

「差し入れだぜ」

「これは、これは」

町役人《まちやくにん》と番太郎《ばんたろう》が一人ずついて、嬉《うれ》しそうに箱をのぞきこんだ。

するとそこへ、ちょうど藤村の倅《せがれ》の康四郎《こうしろう》と下っ引きの長助《ちょうすけ》が見回りにきた。

康四郎は箱の中をちらりと見て、すぐに手を伸ばす。

「ばぁか。おめえに食わせるのに持って来たんじゃねえぞ」

その手をぴしりと叩《たた》くと、

「父上。そういうけち臭い態度でいると、また母上に出て行かれますよ」

と、小声で逆襲された。

加代《かよ》は出て行ったが、いまは家にもどっている。亭主の素行をあきらめたのか、それとも夏木家の奥方と何か示し合わせたのか、とくに態度は以前と変わらない。

「長助も食えよ」

と、康四郎が饅頭を頬張りながら言った。

「いただきます」

長助は、このところいつも康四郎といっしょにいる。まるで友だち同士でつるんでいるようにも見える。康四郎が見習いを終えると、長助に十手を預けることになるのだろう。

「鮫《さめ》はもどったかい？」

長助の親分の鮫蔵《さめぞう》が、このところ行方知れずになっているのだ。もっとも、鮫蔵のことを知っている者は、しばらく顔を見せなくても、喜びこそすれ心配したりはしない。

だが、長助は、

「まだ、なんです。どうも、おかしいです……」

と、不安げな顔を見せた。鮫蔵のことを父親のように思っているのだと、康四郎から聞いたことがある。

「いままでもひと月ほどどっかに潜入することはあったんですが、十日に一度くらいは猫をかまいにもどってきていたんです。ここまで、途絶えることはめずらしいです。猫も寂しがってて、とくに目がよく見えねえやつが、一日じゅう、親分を捜してるみたいで……」

「面倒な事件でも抱えていたのかい？」

「いいえ。ここんとこは、八丁堀の旦那方の頼みはお断わりするようにって言われてたので、奉行所で追いかけているような事件には関わってねえと思います」

「ふうむ……」

とすれば、やはりげむげむがらみだろう。

げむげむというのは、江戸のところどころでじわじわと信者を増やしている、謎の信仰の集まりである。拝んでいるのが神なのか、仏なのかがよくわからない。ただ、「げむげむ」という念仏らしきものを唱える。

鮫蔵はこの何年か、げむげむを追いかけてきた。連中はこのところ、殺しにまで手を染めているらしいが、しかしそれは鮫蔵一人が睨《にら》んでいることで、奉行所でも動いている者は皆無と言っていいくらいだった。

「いなくなる前は、どっちに行くって言ってたんだ？」

「へえ。浅草《あさくさ》のほうとは言ってましたが」

「浅草のもっと先で居残りじゃねえのか」

「いや、親分は女には困ってねえですもの。吉原には行かないと思います」

「たしかにな」

と、藤村も納得した。鮫蔵はあの面妖《めんよう》な風貌《ふうぼう》のわりには、女にはもてるのだ。

それまで黙って話を聞いていた初老の町役人が、

「鮫の親分、近ごろ姿を見ねえと思ってたら、そういうことでしたか」

と、言った。

「寂しいかい？」

と、藤村が皮肉っぽく訊《き》いた。

「いえいえ、怖いですからね。あの親分は。昔から怖かったですよ。あれは親分がまだ二十四、五のころだったかね。そこの永代橋のたもとでヤクザが二人、大暴れしたことがあったんです。刀を振り回してね。別の組のヤクザともう一人、巻き添えになったらしいのが斬られて倒れてましたっけ……」

鮫蔵は藤村よりいくつか年上だが、そのころには藤村も奉行所に出仕していた。だが、その騒ぎに記憶はない。深川のほうはあまり担当したことがなかったせいだろう。

「同心さまたちも手が出せないでいました。すると、あの親分が向こうの佐賀町《さがちよう》のほうから来たんですよ。ちょうど女とろくでもないことをしてた途中なんでしょう。女ものの派手な花模様の浴衣《ゆかた》をはおってました。帯もしてねえから、前もはだけたままですよ」

「あいつらしいな」

「それで十手をこうかつぐようにしてね、笑いながら来たんですよ。ほんとに笑ってたんです。それから、みんなが近づけずにいた二人のところに、ためらいもなく、つかつかっと近づいたんです。片方は知ってましたね。鮫蔵、てめえ、なんだよとか叫んでましたもの。だが、鮫の親分はそのまま笑いながら近づき、十手でがつんと殴りつけました。相手は飲まれているんでしょう。手も足も出ませんでした。二人ともすぐにお縄です。なんせ迫力がちがいましたね」

「野郎にはその手の話は数えきれねえほどあるのさ」

だが、そんな鮫蔵にも意外な顔があることを藤村は知っている。目の見えない捨て猫を拾ったこと。夏木の病気の回復を心配していたこと。

――捜してみるか。

と、藤村は思った。しまがら屋の依頼をさっさと片づけて、本気で鮫蔵を捜すことにしよう。ちっと放っておいたのはまずかったかもしれなかった。

白い花のように見えたが、花ではなかった。

螢《ほたる》かと目を近づけたが、螢でもなかった。

――なんなんだよ。

と、目を近づけると、光っているのは星だった。

前後左右、いや頭の上にも足の下にも、いっぱいに星が満ち満ちていた。

――なんだ、これは。

と、鮫蔵は思った。考えてもわからない。考える力も弱まっているらしい。

そのうち、はたと気がついた。

――ああ、死んだのか、おれは。

死んだときはお花畑の中を進んでいくと聞いたことがあるが、そんなものは見えていない。そりゃあ花なんざ、おいらにはふさわしくねえだろうと思った。

三途《さんず》の川でもなさそうだった。船頭もいなければ、船もなかった。おれなんかには、三途の川すら渡る資格はねえってかと苦笑いした。

――閻魔《えんま》さまもいねえのかい。

地獄ってところは、悪人どもがうじゃうじゃいて、血の池地獄あたりでのたうちまわっているんじゃねえのか。こんなに静かなところなのか。

不思議だった。

——あのとき……。

ぶすっと腹を刺された。刺したやつと、もう一人、おれの前で笑っていた男がいた。何度も見た顔なのに、そいつであることが信じられなかった。そのまま大川に蹴《け》り落とされたんだっけ。

ぐるぐるぐるっと、鮫蔵の頭の中がまわった。また、暗い大川の中に放り投げられた気がした。ああ、そうか。川の中から水に星が映るのを見てるのかと思った。だから、こんなふうに、まわりに星が散らばっているのか……。

それにしても静かだった。

こんな静かなところに休ませてもらっていいのかと、申し訳なく思うくらいだった。

三

とりあえず一日目は、藤村と夏木でしまがら屋の若旦那《わかだんな》のあとをつけることにした。

　いつもそう遠くへは行かないみたいだというので、夏木も手伝うことになった。夏木は去年の夏、中風《ちゅうぶ》を患った。陋巷《ろうこう》の名医である寿庵《じゅあん》先生の治療のおかげもあって、ずいぶん回復はしたが、いまだに左足を引きずる。だが、杖《つえ》の運びが巧みになっていて、かなりの距離を歩くことができるようになった。坂道が多い山の手は危ないが、日本橋周辺は平らな地形である。

　梅雨は完全に明けたのか。今日は朝から強い陽射しが照りつけている。日傘を差した女も多くなっている。

　若旦那の三之助は、昼過ぎになって店を出てきた。

　なるほどお面をかぶっている。

　それから、ぶらぶらと本小田原町《ほんおだわらちょう》の通りに入った。とくに目的があるようには見えない。足の向くまま、気の向くままといった感じである。

「あまり近づかなくていいぜ、夏木さん」

「そうか」

　二人は十間（約一八メートル）ほど距離を置いて、あとをつけはじめる。

　藤村も人のあとをつけたりするのは、ひさしぶりかもしれない。

隠密《おんみつ》回りの担当だったときは、ずいぶん怪しいやつや、下手人と当たりをつけたやつのあとをつけたものだった。

しかも、ときには悪事にまるで関係ない、通りすがりの人のあとをつけるようなこともした。不埒《ふらち》な気持ちからではない。その人間の暮らしの一端を見てみたかったからである。どんな家に住み、どんな嫁をもらい、どんな笑顔を見せるのか。人間の多様性といったものに興味を持った若いころのことだった。

足取りこそゆったりしているが、若旦那はさっそうと歩いている。

恥ずかしがっているふうや、おどおどしたところはまったくない。他人に見られてもどこ吹く風といった調子である。

むしろ知り合いらしい男には若旦那のほうから声をかけた。

「おう、将太《しょうた》。おいらだ、わかるか？」

「なんでえ、三之助かい。また、酔狂なことを始めたか？」

友だちらしき若者が笑いかけたのに、

「ばあか。人助けなんだよ」

と、言い返した。

「あっはっは。そいつぁご苦労なこった」

そんなやりとりをして、軽く別れた。

「夏木さん。いま、人助けって言ったよな」

藤村が、近づきすぎたので速さをゆるめながら言った。

「ああ。面をかぶっていてもできる人助けなど、あるかのう」

「なんか願でもかけたかね。誰かのために？」

「なるほど。そういうこともあるか」

夏木は何度となくうなずいた。

西堀留川《にしほりどめがわ》は中之橋《なかのはし》を、東堀留川《ひがしほりどめがわ》は万橋《よろずばし》を渡って、杉森新道《すぎもりじんみち》を抜け、人形町通《にんぎようちようどお》りを右に折れた。

通りに入ってすぐ、弥平《やへい》という日本橋界隈《かいわい》で羽振りのいい岡っ引きとすれちがった。

弥平が十手をかざしながら何か声をかけた。

岡っ引きに何か言われれば、たいがい肩を縮こまらせたり、腰をかがめたりするものだが、若旦那に臆《おく》したようすはない。すっきりと立ったままで、面をはずでもない。

二言三言、やりとりがあった。声は聞こえない。

藤村は弥平と顔見知りなので、あまり近づくわけにはいかない。

若旦那と別れてから、弥平に近づいた。

「よう。弥平親分」

「これは藤村さま。ご無沙汰《ぶさた》して」

「いま、お面の男に声をかけてたな。なんだい、あれは？」

「ああ。ありゃあ室町のしまがら屋の若旦那で、何してるって訊《き》いたら、いい面が手に入ったんで、嬉《うれ》しくてかぶってるんだそうです」

「嬉しくて、かぶってた？　そんな子どもっぽいやつなのかい？」

「そんなことはねえと思うんですが、まあ若いですからね」

たしかに若いときは、いくら大人びても子どもっぽいところはある。

遅れたので追いかけると、若旦那は三光新道《さんこうじんみち》の手前に出ていた水茶屋に腰を下ろしたところだった。

藤村と夏木は斜め前の下駄《げた》屋に入り、下駄を見るふりをしながら若旦那を見た。

面をしたままで茶は飲めないだろうと思ったら、茶を飲むときはちゃんと面を頭に載せる。

顔が見えた。

「ほんとだ、いい男だのう」

と、夏木がすぐに言った。「怪我もしておらぬし」

水茶屋の看板娘と軽口を叩《たた》いているらしい。娘が何度か、身をよじらせて笑った。

「よう、藤村」

「どうしたい？」

「あの面は変わっているぞ」

と、夏木が真剣な顔で言った。弓を引いて的を狙うときのような目をしている。

「へえ、そうかね」

「ほら、前を向いているときは、やさしげな顔をしているだろう。ところが、うつむいたところを見てみな」

言われて藤村も目を凝らした。

「おや。表情が変わったな」

「そうだろう。何か、暗さというか、悪意まで感じられるような顔に変わるのだ」

藤村はもう一度、その面を見つめた。

能などいつ見たのか、記憶も定かでないのに、あの面をつけた能役者が舞うところが見える気がした。

夜桜の下――。

薪が焚《た》かれ、闇にあの面が浮かび上がっている。鼓が激しく打たれ、鋭い声が発せられる。ぎくりとした。

「おい、どうした、藤村？」

「いや、なんだか急に見とれちまったのさ。ありゃ妙なお面だ」

「そうだな」

「あんな不思議なお面があるのかね」

「あるのだろうな。どういうものなのか、洋蔵《ようぞう》が見たらわかったかもしれぬが」

夏木の三男の洋蔵は骨董《こっとう》や工芸品にくわしく、さらにその方面を学ぶため、いまは上方に行っている。

――ん？

ふいに、隣りの店――どうやら面と人形の店らしいが、そこから四十前後の職人が飛び出してきて、若旦那《わかだんな》の顔をじっと見つめた。若旦那は茶を飲み終え、面は額から顔に移している。

「まちがいねえ。月斎《げっさい》だ……」

そんなことをつぶやきながら、職人は若旦那のところに近づいていき、何か訊いたようだった。

若旦那はうなずき、立ち上がった。職人はぼんやりと若旦那の後ろ姿を見送っている。

その職人に近づいて訊いた。

「よう。ずいぶん驚いたみたいだな？」

「…………」

まだぽかんと口を開けている。

「おい」

「はあ。あ、なんですって？」

と、職人は我に返った。

「何をそんなに驚いたんでえ」

「まさか、あの面をかぶって歩くのがいるとは思わなかったんで」

「いい面みたいだな」

「いいなんてもんじゃねえです。善鬼の面かって訊いたら、そうだって言いました。猿沢《さるさわ》月斎が人形町に越して来たってえ噂は聞いたんですが」

「有名な面師なのか？」と、夏木が訊いた。

「そりゃあもう……」

と、職人は自慢でもするように、べらべらと猿沢月斎のことを話した。

猿沢月斎は上方で仕事をしてきた面師で、その作品の人気は高く、ちょっとやそっとじゃ手に入らないという。

なかでも善鬼の面というのが有名である。

人の二面、表と裏を面に彫った。うつむくと表情が一変する。さっきの面もそうだった。

この面にふさわしい話をつくろうと、何人もの狂言作者が頭をひねっているが、なかなかいいものができないらしい。

その猿沢月斎はもともと江戸の出身だったとかで、年老いて、この江戸に帰ってきたということだった。

「まあ、正直言って、ああいう人が江戸に出てくると困っちゃうよね。江戸相撲の大関が田舎の勝負に出てきたようなもんでさあ」

「それほどかい」

「同じく面を彫る人間としてここまでは言いたくないが、あれは凄《すご》いです」

職人は尊敬を隠さなかった。

この話が長引いたため、若旦那を見失ってしまった。

「そんなにいい面をかぶって歩いていいのかな」

と、藤村が四方に目をやりながら言った。

「それこそ見せたいのだろうな」

「あるいは、何かを知らせようとしているのかもしれねえ」

「誰に？」

「好事家に？」

とは言ったが、藤村にも自信はない。

「だが、月斎の作品数はきわめて少なく、しかも江戸に来たばかりで、まだほとんど売っていないと、言ってたではないか」

「そうだよな」

と言い、藤村は足を止めた。

やはり、若旦那は見つからない。

もっとも、また明日も店を出るところからあとをつけてみればいいのだ。あのお面が特別なものであると知っただけでも、今日の収穫は大きかった。

「だが、よかったではないか。何か理由があるらしいのは、まちがいない。ただ、頭がどうかしちゃっただけだったりすると、与左衛門には言いにくいからな」

と、夏木は言った。

「おいらは心配だね。むしろ護衛をつけたいくらいだ」

「やってやろうではないか、藤村」

「そうだね。与左衛門の兄貴のためにもな」

これだから、このところ初秋亭でのんびり席を温める暇もなくなるのだ。

四

翌日は藤村と仁左衛門がいっしょにあとをつけたが、何ごともなかった。

その次の日はまた、藤村と夏木にもどったのだが――。

時の鐘がある石町《こくちょう》のあたりに入ったとき、若旦那とすれちがった男がひどく慌てたようなそぶりを見せた。

「夏木さん」

「おう」

二人はさりげなく若旦那に近づいた。

何か話しているが、若旦那が怒っているのを、そいつがなだめているらしい。

「まだまだおおっぴらにかぶるぜ」

「それはおよしなさいって、若旦那」

「なんでだよ」

「月斎だって、そんなことは迷惑なんだから」

「そんなふざけた真似が、ほかはともかくこの日本橋界隈《かいわい》で許されるとでも思ってんのかよ」

「若旦那は事情を知らねえんだ」

と言った男に、藤村は見覚えがあった。

鼻のかたちが団十郎《だんじゅうろう》のように高くてすっきりしているので、鼻の権六《ごんろく》と呼ばれている男だった。

地回りとまでは言えないが、遊び人である。小さな下駄《げた》屋はやっているが、それは女房にまかせて、遊び歩いたり、近所の口利きをしたりして、小金を稼いでいる。一時、どこかの親分の下っ引きになって十手稼業に憧《あこが》れたこともあるらしいが、てめえがバクチでつかまってその夢は途切れた。

そう悪いこともしないが、ろくなこともしない。そういうやつである。

何か尻尾《しっぽ》をつかんで、小金をせびるくらいのことはやりかねない。若旦那はおどされているのか？

藤村は割って入ることにした。

「よう。権六じゃねえか」

「これは藤村さま」

と、権六の顔が歪《ゆが》んだ。

「どうした、なんか揉《も》めごとかい？」

「いえいえ、滅相もねえ」

「そんなに怯《おび》えるなよ。おいらはもう、奉行所とはなんの関わりもねえんだぜ。ただの隠居なんだからよ」

「あ、あっしは急いでますんで」

慌てて駈《か》けて行った。

藤村は若旦那《わかだんな》を見た。面は額のところに上げていた。

「よう。どうした？」

藤村が声をかけると、

「もしかして、初秋亭の旦那《だんな》ですかい？」

と、若旦那が逆に訊《き》いた。

「ん？」

「かねがね噂に聞いてました。隠居したお三人が、巷《ちまた》のよろず相談でずいぶんご活躍だって」

「あんたのような若い者にまで知られていたとは驚いたね」

と、藤村は夏木を見て笑った。

「あっしも、旦那たちの真似して、仲間とそういうことをしようかなと思ってたくらいですよ」

「そいつはやめたほうがいい。若いやつがやると物騒なことになりかねねえ。こっちは隠居仕事だから、落としどころが穏やかなのさ」

と、それは本気である。罪人をつくろうなんて気持ちは毛頭ない。

「あ、そうか」

と、若旦那は手を打ってにやりとした。

「なんでえ」

「おやじに頼まれたんでしょ」

と、さほど怒っているふうでもなく言った。

「…………」

藤村と夏木はとぼけた。

「倅《せがれ》が妙なことを始めたので心配だ。何をしているのか探ってくれませんかと頼まれたんでしょう？」

「まあな」

そこまで見通されたら仕方がない。

「おやじなんかに言うと騒ぎが大きくなるし、なんにも知らねえほうが商売のためにもなるのに、わかってねえなあ」

と、若旦那はどっちが親かわからないことを言った。

「町方《まちかた》を頼る気はねえのかい？」と、藤村が訊いた。

「そこまでのことじゃねえんです。あっしの面子《メンツ》のことですから」

「どういうことか教えてくれねえかい」

若旦那はまっすぐ藤村を見て、小さくうなずいた。

「目の前でさらわれたんですよ。爺《じい》さんが。黙って見てるわけにはいかねえでしょう。止めに入ったが、相手はごろつきが三人もいたので、簡単にぶちのめすというわけにはいきませんでした」

「さっきの権六もいたのかい？」

「そのときはいませんでした。だが、あいつも仲間なんです」

威勢のいい若者である。ひよわな若旦那ではないらしい。

ちらりと手を見た。ごつごつした手をしている。さんざんこぶしを使ってきた手で、古傷もあれば、瘡蓋《かさぶた》になった新しい傷もある。

「しかも、その爺さんがおいらに、手を出すのをやめるように言いましてね」

「ほう」

「若い人がこんなジジイのために怪我なんかしたら馬鹿馬鹿しい。およしなさいと。殺されるようなことは絶対ないからと」

「ふうむ」

「嘘ではないように思えたんです。それよりも、そのうち用足しに行った孫娘がもどってくるはずだから、事情を伝えてくれと」

「なるほど」

「それで、孫娘がもどってきたので、拉致《らち》されたことを伝えたんです。孫娘はそう心配はしませんでしたが、ただ困ったようすではありました。それで、助けになってやるからわけを話してくれと言ったんです……」

だいたい、わかってきた。

おそらく猿沢月斎の面に惚《ほ》れ込んだ豪商あたりが、ごろつきを使って拉致した。金はふんだんに準備している。危害も加えない。ただ、お面を一つ彫っていただきたいと、そういう話なのだろう。

その推測を告げると、

「まったくそのとおりです。だが、いくら金を積もうが、危害は加えないと約束しようが、年寄りを無理に連れて行くなんて、そんなふざけた真似は許せねえ」

「同感だな」

「しかも、次の日には孫娘の楓《かえで》さんというんですが、その人まで連れて行かれたんです」

「ふうむ。それはどうかな？」

と、藤村は首をかしげた。

「何か、変ですかい？」

「孫娘のほうは、爺さんの世話をするのに自分から行ったのかもしれねえな」

「ああ、そうか……」

若旦那は、なかなか冷静である。

「まあ、楓さんはともかく、爺さんのことは許せねえ。それで連中に、助けるのをあきらめたわけじゃねえ、おめえらのしていることを闇の中には逃がさねえぜという意味で、あのお面をかぶって歩いていたわけです」

「ということは、そのお面は……」

「棚に置いてあったやつを借りたんです。もちろん、あとで返しますぜ」

「なるほどな」

　と、藤村はうなずいた。

だが、感心できることではない。連中がもうちっと悪党だったら、若旦那が消されることだってありうるのだ。

「ところで、その面だがな」

　と、夏木が言った。「かぶって歩いたりしてよいのか？」

「いいものなんでしょうね」

「そのお面を見て、面師がぶったまげてただろう」

「ああ、たしかに。そんなに凄《すご》い面師なんですかね？　実物と話すと、そんなふうには見えませんよ」

「お大名も順番待ちらしいぜ。そんなものかぶって歩いていて、落として割ったりした日にゃ大変だぞ。いくらしまがら屋の若旦那でも、値段を聞くと、目をひん剝《む》くんじゃないのかな」

と、夏木は笑った。

「それほどの面とは。たしかにこの面をかぶると、なんか妙な気分がしたんですが。わかりました。これはもうかぶりません」

若旦那は善鬼の面をはずした。

「でも、ここらにいるんですよ、猿沢月斎は」

「だろうな」

権六あたりを使っているところからしても、ここらの金持ちのしわざなのだ。

「同じ町内でごたごたするとやっかいなんですがね」

と、若旦那《わかだんな》は困った顔をした。

「だからさ、若旦那が最後まで助けてやりたい気持ちはわかるが、ここはおいらたちみたいな隠居にまかせなって」

「いいんですかい？」

「まさにわしらの出番だ」

と、夏木が若旦那の肩を叩《たた》いて言った。

五

そういうことはまかせなと大言壮語しただけあって、藤村たちは苦もなく猿沢月斎を連れ去った男を特定した。

藤村はお面屋に行って、日本橋界隈《かいわい》に能にうるさい旦那《だんな》はいないかと訊《たず》ねた。一方で仁左衛門に頼み、能をやっている友人に、日本橋近辺の能好きの旦那を訊いてもらった。

ともに、室町二丁目の茶の問屋である亀屋《かめや》の隠居の名が浮かび上がった。いざとなれば、藤村は権六を脅すつもりだったが、それすら必要なかった。

「亀屋の隠居か」

室町の大店《おおだな》のあるじたちのなかでも、人徳のあることで知られた人である。火事が出たときは炊き出しなどで協力し、自ら進んで火の用心の夜回りに歩き、ちっとぐれかけた若者たちの世話を焼いたりもした。

能に凝っているというのは知らなかったが、吉原あたりに行くよりもそうした趣味のほうが似合っている人である。

仁左衛門はちっと差し障りがあるというので、藤村と夏木で亀屋を訪ねることにした。

しまがら屋の若旦那にもそのむねを伝えると、

「おとなしくしてますので、連れて行ってください」

と懇願された。

いちおう与左衛門に訊《き》いてみると、亀屋とはとくに商いのつながりもないというので、連れて行くことにした。

亀屋はしまがら屋と同じくらいの間口がある大店で、店の前には茶のいい香りがわざとらしく思えるくらいに流れてきていた。

手が空いているらしい番頭を呼んで、

「以前、奉行所にいた藤村という者だが、ご隠居にお会いしてえんだ」

と、告げた。

「あ」

番頭は複雑な顔をした。

「なんでえ」

「お会いできるかどうか」

「なんでだよ」

「難しいことになってまして」

そのとき、奥のほうから、叫ぶような声がして、藤村は引き寄せられるようにそちらに進んだ。あとを夏木と若旦那の三之助もついてくる。

奥のほうに行くと、小さな中庭があり、その左手に別棟が建っていた。隠居用の離れらしい瀟洒《しょうしゃ》なつくりである。中庭に面した部屋は開け放たれていて、中央に布団が敷いてあり、その周囲を七、八人の男女が取り囲んでいた。

「おとっつぁん」

「嫌っ。逝っちゃ嫌」

女が泣いた。

坊主頭にした医者らしい男が、首を横に振るのが見えた。口が動いた。言葉は聞こえないが、

「ご臨終です」

と言ったのはわかった。

「ああ」

悲痛な声が庭に響き渡った。

「とんだところにお邪魔したみたいだ」と、藤村が言った。

「どうする、藤村？」

「ここはもどるしかないだろうね」

ちょうど、若い娘が中から出てきたところだった。

「楓さん」

と、若旦那が前に出た。

「あ、三之助さん」

「急にいなくなったから」

と、赤い顔で言った。

「心配してくれたんですか」

娘も頬を赤くした。いかにも京都の娘らしい、おっとりした風情である。

「月斎さんはいるのかい？」

と、藤村が中を指差した。

「あ、はい。でも、まもなく帰してもらえると思います」

しばらく隠居家のほうはごたごたしていたが、小さな風呂敷《ふろしき》包みを手にした猿沢月斎が出てくるまで、そうは待たなかった。

「申し訳ありませんでした。父がご無理を申しまして」

いまのあるじが出てきて、深々と頭を下げた。

「うん、まあ、困っちまったんだが」

月斎は人のよさそうな笑みを浮かべた。

あるじは、藤村のことを知っていて、

「このことはなにぶんご内聞に」

と、袖《そで》の下に重いものを放り込まれた。

「おいらにゃもともとしょっぴける身分も力もねえから」

と、それは無理やり押し返した。

そのあるじが、ここだけの話にとさんざん念押しして言うには――。

病で床についていた亀屋の隠居が、妄執のように、猿沢月斎の善鬼の面を欲しがったらしい。しかも能の女面ではなく、翁面《おきなめん》でつくって欲しいと懇願したのだ。なんとしても善鬼の面をつけてあの世に旅立ちたいのだ、と。

くわしくは月斎にも言わなかったが、どうやら亀屋には隠された人生があったらしい。悔やんでも悔やみきれないことがあるのだと。

「怖い舅《しゅうと》だったかい？」

と、藤村はあるじの隣りにいた女房に訊いた。

「とんでもない。ほんとにやさしい、おだやかな人でした。だから、最後にあんなふうに妄執のようなものを見せられて驚きました」

「なんで、善と悪を宿したような面に心を魅《ひ》かれたのかね」

「さあ……。自分にふさわしい顔であの世に行くのだと申しておりました」

「よほどのことだったのかな」

と、夏木が藤村に言った。

「さあ、それはわからねえ。人によっては小さな失敗でも自分を責めるやつもいるし……」

とは言ったが、それは亀屋のあるじたちの手前である。過去のことをほじくり出す気はないからと安心させたようなものである。

藤村も、よほどのことがあった気がする。しかし、それはもうすべて闇の中である。

「面はできたのですか？」

「いちおうできましたが、わしとしてはもうすこしいいものにしたかったのだが」

「棺《ひつぎ》の中に入れちまった？」

「そういう遺言だったそうじゃよ。致し方ないわさ」

と、月斎はもうあっけらかんとした顔になっている。

「じゃあ、行くか、楓」

「はい、お祖父《じい》さま」

「若旦那《わかだんな》、ありがとうな。これからは喧嘩《けんか》じゃなく、遊びに来ておくれ」

「ええ。ぜひ」

三之助は、楓を見て大きくうなずいた。

月斎の孫娘は、相当に愛くるしい顔立ちである。喜びがこもった目でじっと若旦那を見つめる。若いときに娘からあんな目で見られたら、踊りたくなるか、走りだすかのどちらかだろう。

今度のことは、たとえ火の中、水の中のたぐいだったのだ。

それに比べ、月斎ときたら、鼻が赤く、酔っ払ったような顔をしている。じっさい、酒の匂いもぷんぷんしている。どう見たって、浅草の奥山《おくやま》でくだを巻いている流行《はや》らない大道芸人といったところだろう。

この手の人たちというのは、しばしば自分の顔や人柄とはまったく似ていないものを創り出してくる。それが藤村などにはまったく理解しにくいところだった。

鮫蔵は苦しい息の下で、

「見たな」と、言った。「わたしの日誌を見たな」と。

そうでなければ、あの言葉は出てくるはずがなかった。

周五堂《しゅうごどう》先生の言葉が、そのまま密告されていた。

周五堂先生は儒者ではなかった。八王子《はちおうじ》の外れ、高尾山《たかおさん》のふもとに近いあたりの小さなやれ寺に住んでいたが、お経を読むところも見たことはなかった。なんでも老子や荘子を独学で学び、その教えが示すところを書き綴《つづ》っているということだった。

その教えが面白いというので、鮫蔵——当時は神谷久馬《かみやきゅうま》といったが——は友人二人とともに、話を聞きに行った。教えは新鮮だったし、納得もできた。若い心には素直に染み入った。

久馬は感激した言葉を、つけていた日誌に記した。「儒学は人に順番をつける教えにすぎないのではないか」と。それは直接、周五堂先生が言った言葉ではなく、久馬が解釈した言葉だった。

だから、明らかにその日誌を盗み見た父が、上司に告げたのだった。「あの者は、儒学は人に順番をつける教えにすぎぬと教えております」と。

儒学を否定したと周五堂先生は捕らえられ、斬首《ざんしゅ》され、寺は丸ごと焼かれた。それなのに、通っていた若者たちに咎《とが》めはなかった。

「どうして、そのようなことを」

と、久馬は父をなじった。

「お前のためだ」

お前のため——父はいつもそう言った。怒った顔ではなかった。むしろ、やさしい笑顔を見せながらそう言った。真綿がきゅっと久馬の首に巻かれた気がした。

次に、女との別れが浮かんだ。

ろくでもない女だった。それは自分でもわかっていた。

菓子屋の娘で、神社の近くで団子を食わせる店を手伝っていた。変なところがあった。いろんな色の腰巻を身につけるのが好きで、しかもそれを久馬に見せたがった。そんなものが若い娘のあいだで流行っていたのか。雨蛙が小紋のようになったものを見せられたときは、女がかわいく感じられたのは覚えている。

一度、女衒《ぜげん》に売られそうになったこともあったらしい。泣いて泣きまくって死ぬと騒いで、取り止めになったらしいが、ときおり、「あのとき売られてしまえばよかった」と言ったりもした。

だが、哀れでもあり、武家の女にはない正直なところがあった。

その女とも裏で別れさせようとした。

勝手に金まで渡していた。

「あんな女とつきあって、お前のためになるまい」

と、このときもそう言った。お前のためなのだと。人はためになることだけして生きていくのか。ためになるというのは、どういうことなのだ。

「わたしのためなのですか……」

そう言いながら鮫蔵は泣いていた。目をつむったまま、身悶《みもだ》えし、次から次に涙をこぼしつづけていた。

そんな鮫蔵をのぞきこんだ小坊主が言った。

「苦しそうですね、和尚さま」

「うむ。そうだな。身体だけでなく、心も苦しんでいるみたいだな」

と、隣りにいた和尚は言った。

それからすこしして、鮫蔵は目を覚ました。

鮫蔵は寺に助けられていた。門前で倒れていたらしい。川の中に落とされた覚えはあるが、這《は》い上がったことは覚えていなかった。

目は覚めても、ほとんど夢うつつの状態である。何か考えようとすると、黒い雲が頭の中に湧き出してきた。

出してもらった粥《かゆ》をすすり、横になって寝る。

その繰り返しだった。

身体は悪くなっているのか、よくなっているのかもわからない。

この寺の和尚と一人しかいないらしい小坊主は親切だった。だが、厠《かわや》に立つ力もないので、藁《わら》の上に寝かされ、粗相をするたび藁が替えられた。馬や牛になったみたいだと鮫蔵はぼんやりと思った。

情けないとは思わなかった。恥ずかしくもなかった。力が尽き果てると、人間並みの感情は湧いてこないのかもしれない。ただ、悲しみだけは身体のあちこちからこみ上げてくるのだった。

悲しみの根源は、ずいぶん遠い昔にあるらしかった。

第二話　幽霊の得

一

魚を焼く煙の匂いが染みついた、とてもきれいとは言えない〈海《うみ》の牙《きば》〉ののれんを分けて、藤村慎三郎と七福仁左衛門が入ってくると、

「おう。どうだったい？」

待っていた夏木権之助が心配そうに訊《き》いた。まだ酒はやっていない。二人が来るのを、茶をすすりながら待っていてくれたのだった。

「駄目だね。なんの手がかりもなしだ」

と、藤村が首を横に振った。仁左衛門は疲れて声もない。

もちろん、鮫蔵のことである。

この数日、藤村が一人で浅草界隈《かいわい》を捜しまわっていた。

知り合いの岡っ引きに声をかけたし、いくつかの番屋も訪ねた。誰も知らないし、

深川同様、浅草でも鮫蔵はずいぶん毛嫌いされていることがわかった。若い岡っ引きは怨《うら》みでもあるのか、

「やっといなくなってくれましたか」

などと言った。

藤村はむっとして、

「おめえもいつか、そんなふうに言われるようになるぜ」

と、言い返しておいた。

今日は仁左衛門が同行し、浅草寺《せんそうじ》の境内を中心に捜した。

面白いもので、仁左衛門がいっしょだと藤村がまるで目もくれなかったあたりに、目をつけたりする。鮫蔵の好きな食いものはなんだ、と言うのだ。浅草界隈にはうまいもの屋が多いので、好きなものがあるとそれで有名な店に足を運んでいるはずだ、と。藤村は、そんなことはまるで考えなかった。これだから、人間、一人より二人のほうがましなのだろう。

だが、鮫蔵がとくに好きだったものといわれると、饅頭《まんじゅう》くらいしか思いつかない。

「あの人が饅頭？」

「ああ、でも、どこの銘柄の饅頭がどうこうなんてえのは、なかったと思うぜ」

それでも仁左衛門は、浅草寺周辺のうまいと評判の饅頭屋で、鮫蔵の風体を告げ、近ごろ見なかったかと訊いてまわった。なにせ、特異な風貌《ふうぼう》をした男だから、うろうろしていれば目立っていたはずなのである。

「だが、いなかったねえ」

と、仁左衛門は肩を落として言った。

夏木は、「どこに消えたんだ……」と言いかけて、あわてて「隠れたんだろう？」と、言いつくろった。

「浅草から動いたんじゃないのかねえ」

と、仁左衛門が首をひねった。

「いや、いなくなる前から浅草には通ってたんだ。おいらはまだ、いるような気がする」

これは藤村の勘である。なんの根拠もない。だが、悪事の探索は現役のころから、半分は勘でやってきた。そこからさらに当たるのが半分、はずれるのが半分。歩留まりは悪い。

店のあるじの安治《やすじ》は、こっちの話は聞こえているはずだが、調理場で黙って包丁を動かしていた。鮫蔵のことが大嫌いだったから、それほど心配しないのは責められることではない。

「活《い》きのいいやつを刺身にしてもらおうかな」

　と、夏木が頼んだ。

「今日は変わったやつが」

「それでいい」

　しばらく無言で酒を飲み、大皿に盛られた刺身を食べた。

「これはうまいね。なんていう魚だい？」と、藤村が訊いた。

「あまり言いたくねえんですが」

「なんだよ」

「鮫《さめ》なんですよ」

　と、安治が恐縮しながら言った。

「これが鮫かい」

　藤村は目を丸くした。

「傷みが速いんで滅多に食えねえんだが、めずらしいでしょう？」

「こんな上品な味の魚だとは知らなかったなあ。もっと真っ赤で血がしたたり落ちるような身かと思ってたが」

「それにしても、一日じゅう、鮫を捜したあとに、鮫を食ってるっていうのも複雑だね」と、仁左衛門が言った。

「ほんとだな」

「まあ、鮫蔵という男は、いいやつとは逆立ちしても言えぬが、見た目どおりのワルとはちとちがうからな」と、夏木が言った。

また、三人は無言になった。

嫌な予感を押し殺すようにして酒を飲んでいる。

すると、近くにいる客の噂話が聞こえてきた。手代ふうの町人の三人づれが話しているのだ。

「感心な幽霊だな」

「ちゃんと送りとどけなくちゃいけねえ、っていう責任感が偉いよな」

「そのまま道づれにって、あの世まで運ばれたっておかしくねえぜ」

「そうだよ。辻斬《つじぎ》りにあったくらいだもの、そんなふうに思っても不思議じゃねえ」

「でも、そんな偉いやつらが、なんで成仏できねえんだろう」

「そりゃあ自分たちを斬ったやつを乗せるまでは、成仏しねえのさ」

「なるほどなあ……」

と、三人は納得したらしい。

夏木が首を伸ばしてそちらを見、

「なんの話だ？」

と、安治に訊いた。

「ああ、幽霊駕籠《かご》ですよ」

「幽霊駕籠？」

「ああ、ここんとこもっぱらの噂なんですよ」

「またかい。あれだろ……」

と、仁左衛門は笑った。

夏になると、必ず噂になる。

夜遅く、人けのない道で、駕籠屋がどこか寂しげな若い女を乗せる。場所は谷中《やなか》だったり四谷《よつや》だったりとさまざまだが、たいがいは寺町である。

「どこどこまでやってください」

このどこどこは、ほとんどが日本橋界隈の大きな家の前である。

駕籠屋はそこまでやって来ると、

「お客さん着きましたぜ」

と、声をかける。

「はい、ありがとうございます」

若い女は駕籠を降りるが、

「まことに申し訳ないのですが、出先に財布を忘れてきたようです。いま、家から取ってきますので、お待ちいただけますか」

これがそこらの道端なら、乗り逃げは駄目だぜとなるのだが、なにせ家の真ん前である。

「ああ、いいですよ」

と、駕籠屋も一服点《つ》けながら、女が出てくるのを待った。

ところが、その女はいくら待っても出てこない。

「おかしいんじゃねえか」

と、駕籠屋はその家の玄関の戸を叩《たた》いた。

「ごめんください。今晩は」

「なんでしょうか。こんな遅くに」

と、髪が白くなった上品そうな家のあるじが姿を見せた。後ろにはこのあるじの女房らしき老女も来ていた。さっきの娘とよく似ている。

「ええ。じつはこちらのお嬢さまを乗せてここまで来たのですが……」

と、わけを説明した。

「娘？」

「へえ」

「どういう顔をしていました？」

「こう細面で、色が白くて、口の右のところに小さな黒子《ほくろ》がおありでしたが」

と、駕籠屋はさっきの娘の特徴を述べた。

「ああ。それはたしかにうちの娘でございます。ただ、残念なのですが、その娘は今年の春に病で亡くなっております」

「えっ……」

駕籠屋は顔を見合わせ、声もない。

「そうですか。なあに、帰ってきたかったのでしょう。お金も持たずに。はい、わかりました。もちろん駕籠代はお支払いいたします。これ、駕籠屋さんには駄賃も入れて多めにお渡しして……」

これがおなじみの話である。

「また、そのたぐいなんだろ？」

と、仁左衛門は飽き飽きしたというふうに言った。

「それがちがうんでさ」

と、安治も笑った。

「どう、ちがうんでえ？」

「今年のやつは、客ではなく、駕籠屋のほうが幽霊なんで」

「なんだ、そりゃ？」

仁左衛門は盃《さかずき》を下におろした。

あるところから駕籠屋が客を乗せた。そこが墓の近くとか、寺町とかではないらしい。むしろ、江戸のど真ん中で起きた話らしい。

乗ったはいいが、どうも駕籠屋のようすがおかしい。ふわふわ、ふわふわして、ちゃんと地面を走っている感じがしない。

――大丈夫か、こいつら……。

と、客は不安になった。
四、五町（約四、五〇〇メートル）ほどは進んだはずだが、ふいに駕籠が止まった。
「おい、うちはまだだぜ。どうしたんだい？」

「お客さん。おれたちどうにも具合がよくない。とても送りとどけられそうもねえ」

　と、苦しそうな声がした。

「なんだよ。途中で降ろされたって困っちまうぜ」

「それですぐそこ、角を曲がったところに、おれたちの親方の駕籠屋がありますので、事情を言って担ぎ手を替わってもらってくださいな」

　と、へたりこんでしまった。

　見ると、二人とも顔など真っ青で、目の下に隈《くま》ができたりして、なんだか本当に具合が悪そうである。

　──なんだ、しょうがねえな。

　と、客は言われたように角を曲がると、たしかに同じ屋号の提灯《ちょうちん》をつけた駕籠屋がある。

　戸もすこし開いていて、まだ商売も終わったわけではないらしい。

「いいかい？」

「なんでしょう？」

「いまそこまで、おたくの駕籠屋に……」

　事情を説明すると、おやじが神妙な顔になった。

「お客さん。それは、去年の夏に辻斬《つじぎ》りに遭って殺されたうちのやつらだ」

「えっ」

おやじと客は外に出て、さっきの駕籠《かご》屋がへたりこんだはずのところまで行ってみた。だが、駕籠はおろか、人っ子ひとりいない。

「なんてことだ」

「そうか。死んでまで、うちの商売を助けてくれたのか。わかりました。すぐに替わりを出しましょう」

と、ちゃんと家まで運んでくれたのである……。

「これが今年、さかんに噂になっている幽霊駕籠でさあ」

と、安治が語り終えた。

「なるほど。乗ったほうじゃなく、運んだほうが幽霊だったたってわけか」

と、仁左衛門は笑った。

「面白いのう」

夏木の酔った頭の中に、足のない駕籠屋が川っぷちあたりをふわふわと走ってゆく光景が見えた。提灯の明かりがゆらゆら揺れて、おとぎ話の挿絵のようである。

「あっはっは。幽霊駕籠か」

「いい話を聞いた」

仁左衛門と夏木は面白がっているが、藤村だけは何も言わない。

黙って鮫《さめ》の刺身をつつきながら、盃を傾けている。

どうにも鮫蔵のことが気がかりだった。

二

料亭の一室にお膳《ぜん》がずらりと並んでいる。芸者が来て酌をしてくれる。

「旦那《だんな》、最近すっかりお見限りねえ」

「まあ、そう言うな。おいらも歳なのさ」

気のないお愛想に、適当な返事をする。

幹事が話の流れを見ていて、合い間に芸者の唄《うた》を入れる。唄もおなじみのものばかりである。

夕暮れに　眺め見渡す隅田川
月に風情を待乳山《まっちやま》　帆上げた船が見ゆるぞえ

やに下がって聞く者もいれば、こっくりこっくりやりだす者もいる。

七福仁左衛門がこうした宴席に出るのはひさしぶりであった。

隠居する前までは、こうした宴席には月に四、五回ほどは出ていた。幹事もずいぶんやった。

そのときはつまらなくもなかったが、一度離れてしまったら、あんなもの何が楽しかったのだろうという気持ちである。

今日の集まりは、霊岸島隠居の会である。

いままではあまり出てこなかった。というのは、五十前に隠居してしまうあるじが少なくなく、そういった連中が牛耳ってしまっていて、あとから来た仁左衛門には居にくいところもあるのだ。

だが、何人かが熱心に誘ってくれたので出ることにした。

話をすると、初秋亭に相談に行きたいという者がずいぶんいるらしい。直接ではなくても、「うちの妹が」とか、「うちの隣りの隠居が」と言われる。来るのをこばむことはできないが、このところ依頼者はひっきりなしである。いかに、この世に悩みごとがあふれているか、痛感してしまう。

酒が進むと、覚悟していたとおり、遅くできた倅《せがれ》のことでからかわれた。

「七福堂さんは、おいくつでしたっけ？」

知っていて訊《き》く者もいる。

「五十六ですよ、五十六」

「さぞ、かわいいことでしょうが……」

と、めでたいでは終わらない。

「遅くできた子どもは争いの種になりかねないからね」

わきから酒問屋の隠居が口をはさんでくる。

「だが、あっしのところは身上だってたかが知れてますし」

「何をおっしゃる。七福堂という名前は、充分に重みがありますよ」

「そうそう太閤《たいこう》さまもね……」

と、とんでもない大物を持ち出してくる者もいる。

「あのお人も、老いてから子どもができて、それがためにちっとおかしくなった。朝鮮征伐なんてことをやらかしたのも、子どものためと思い込んだからだよ」

「太閤さまはいくつでできたんだい？」

と、余計なことまでつっこむ人もいる。

「秀頼《ひでより》さまが産まれたのは、五十七のときでした」

なんでそんなことまで知っているのかと、呆《あき》れながら、

「ほとんど、同じだね」

と、仁左衛門はうなずいた。

かわいいのは確かである。目に入れても痛くないというのは本当である。

抱いたときのふくふくとした感触がまた、たまらない。

「いやね、自分でもまずいなあとは思うんだよ。溺愛《できあい》は息子のためにもよくないしね」

「息子のところは子がないんだよな」

「そうなんだよ」

「なんか、嫁がいやぁな目で赤ん坊を見てたなんてことはなかったかい?」

「嫌なこと言うなよ」

仁左衛門は顔をしかめる。

家のほうは、とりあえずこのところは平穏におさまっている。だが、この先はまたどうなるかわからないのだ。

そんなことを考えながら飲んでいたら、仁左衛門はひさしぶりにひどく酔った。

ここから吉原にくり出すという人もいれば、もう一軒寄るという人もいる。だが、仁左衛門はまっすぐ帰ることにして、駕籠屋を呼んでもらうことにした。

しばらく部屋でうとうとしてしまったが、

「お客さま。駕籠が来ましたよ」

と、起こされた。

いつの間にか垂らしてしまっていた涎《よだれ》を手の甲でこすりながら、玄関前につけられた駕籠に乗り込んで、

「近くて悪いが、霊岸島の北新堀町《きたしんぼりちょう》まで行っておくれ。手間賃はいくらかはずむからさ」

と、命じた。駕籠屋は、

「へい」

と答えたが、その声に元気がない。

この夜はどんより曇って、ときおり小雨がぱらつくような嫌な天気である。人通りもほとんどない。

しかも、小網町《こあみちょう》のほうから回らず、武家屋敷が多い蠣殻町《かきがらちょう》のほうへ行ったものだから、あたりは真っ暗で犬の声すらしない。

「えいほ、えいほ」

やけにふわふわと揺れる駕籠である。それほど歳のいった駕籠屋ではなかったはずだが、酔っ払っているのか。

足取りがよたよたしている。

——まさか、なあ。

と、この前の幽霊駕籠の話を思い出した。

だが、いくらなんでも自分がそんな籤《くじ》を引くとは思わない。

ふと、駕籠が止まった。

ここらは浜町堀《はまちょうぼり》にも近い松島町《まつしまちょう》のあたり。掘割が入り込んでいて、ここから夏木の屋敷もすぐ近くである。

「あのう、お客さん」

駕籠のすだれのすぐわきで囁《ささや》かれ、

「ひえっ」

と、思わず声が出た。こっちをのぞいている目つきがまた、やけにどんよりとして気味が悪い。

「どうも、調子がおかしいんで。その先にあっしらの仲間がいますので」

「そ、そ、そこで替わるんだね」

「お願いします」

降りると、駕籠《かご》屋二人はやけに深々と頭を下げている。

足をがくがくさせながら、角を曲がると、なるほど駕籠屋があった。

「い、いま、そこで……」

あとは、話に聞いていたとおりだった。

「まさか、自分が出くわすとは思わなかったよ」

と、仁左衛門は藤村と夏木の顔を交互に見て言った。

初秋亭の二階である。日中は暑くて、いくら景色がよくても二階にはいられたものではない。

「ああいうときというのは、逃げようとしても足が動かないのさ」

「そういうものかね」

「震えは来るわ、足はがくがくするわ、やっとそこで別の駕籠に乗せてもらい、家までもどったけど、もどり道もわからないくらいだったよ」

「そりゃあ怖がりすぎだぜ」

と、藤村は皮肉な笑みを浮かべた。

「ただ、いま思うと、あれはやっぱり幽霊じゃないね」

と、仁左衛門は言った。

「ほう。そう、思うか？」

夏木は意外な顔をした。仁左衛門は恐怖のあまりすっかり信じ込んでいると思っていたらしい。

「ああ、なんか、本物の幽霊とはちがう気がするんだよ」

仁左衛門はぼんやりした顔で首をかしげた。

蚊が出ている。大川は潮が入るから蚊はわかないが、そこらの長屋のどぶからでも出てきたのだろう。

うちわで払い、それから蚊やりを焚《た》いた。

「あ、そういえば……」

と、仁左衛門は一つ思い出した。

「どうした、仁左？」

「いやね、あのとき駕籠かきが蚊に食われてぽりぽり掻《か》いていたんだよ。赤く痕《あと》にもなっていたっけ」

「ほう。それはよく見ていたな」

「蚊が幽霊を食うかね」

「食わぬだろうな」と、夏木は笑った。

「幽霊の贋物《にせもの》だね」

「そういうことだな」

「なんだったんだろう」

「手間ひまかけてな」

仁左衛門と夏木は興味をかきたてられている。

「藤村さんは気乗りしないみたいだね」

「ああ、おいらはどうも鮫のことが気になってさ」

昨日も一日、浅草を歩きまわり、今日も本願寺《ほんがんじ》のあたりを一回りしてきたのだ。

「そうだな。あっしらも、幽霊駕籠どころじゃねえか」

仁左衛門がそう言うと、

「いや、そいつはなんかあるぜ」

と、藤村は寝そべったままで言った。

「そう、思うかい？」

「ああ。意外な悪事がひそんでるかもしれねえ。おいらは鮫蔵のことで手いっぱいだが、仁左と夏木さんとで探ってみるといいさ」

「そうするかい、夏木さん？」

「うむ。仁左が出くわしたのも何かの縁かもしれぬしな」

と言って、夏木は蚊やりがあげている煙の中に、何かの暗示でも探そうとするようにじっと見つめた。

三

仁左が乗ったことで幽霊駕籠が出る場所はわかっている。

まずは夏木をそこへ連れて行った。

「こんな近くで出ていたとはな」

と、夏木は驚いた。夏木の屋敷からほんの二、三町（約二、三〇〇メートル）しか離れていない。

「そうなんだよ。あっしも幽霊なんざ出るのはてっきり寺町のほうだろうと思ってたから、意外だったよ」

そう言って、仁左衛門ははたと立ち止まった。

「ここだ、ここだ。この店だよ」

〈みずさわ〉という名の料亭で、いまは昼前で玄関先もひっそりしている。門戸はあるが、生垣になっていて、石畳がつづいているのが見える。両脇の植栽は昼間見るとぼさぼさしていて、ちょっと手入れが悪いようにも思えた。

「ここに駕籠を呼んでもらって出ていったんだよ」

と、仁左衛門は門の前に立ち、東の住吉町《すみよしちょう》のほうを指差した。

西の小網町のほうに行ってもよさそうだが、あの駕籠屋は東に向かったのだった。

「ここは銀座《ぎんざ》の裏手だな」

と、前の高いなまこ塀を眺めて言った。銀座とはいうまでもなく銀貨鋳造所である。もとは京橋《きょうばし》の南のあたりにあったが、寛政《かんせい》の改革があったときに、ここ蠣殻町に移ってきた。

「そういえば、そうだね」

お役所などはよほど自分に関わりがないと、ほとんど目に入らない。

あのとき、駕籠屋はどっちから来たのか。玄関先に来たときは、すでに止まっていて、駕籠屋も東を向いていた。

「夏木さま。あっしはいちおうこのまわりをぐるっと見て来るよ」

「うむ。わしはこの料亭でも眺めていよう。気になる動きがあるかもしれぬのでな」

と、夏木はすこし離れ、日蔭《ひかげ》に入った。

ここらは十七、八のころ、町娘と遊ぶのでふらふらしていたあたりである。まだ、黒川《くろかわ》の家にいたころで、怖い兄貴の目を盗むのに必死だったことも思い出された。

——ん？

こっちを見ている若い男がいる。

目が合うと、にこりとした。近づいてくる。

「おう、康四郎さんではないか」

八丁堀独特の黒羽織の着流し姿ではないので、すぐには気がつかなかった。

「やっぱり夏木さまでしたか。お一人ですか？」

「いや、仁左もいっしょさ。いま、ちょっとそっちに。非番かい」

「いえ。ちがうんです」

「ああ、探索か」

「それほどのものじゃありません。まだまだ見習いですから」

康四郎は飄々《ひょうひょう》としている。あまりつっぱらかったところがないかわりに、頼りなげに見えるところもある。

見かけなどはおやじの慎三郎に似てきているが、倅《せがれ》のほうが人当たりはいい。おやじはもっとむすっとしていたような気がする。

「だが、仕事なら無駄話などせぬほうがよい。ほれほれ、行ったほうがよいぞ」

と、夏木は笑顔で康四郎を押しやった。

「じゃあ、また」

康四郎も屈託のない表情で、仁左衛門とは反対のほうに曲がって行った。

まもなく仁左衛門がもどってきた。

「ここらに駕籠《かご》屋はないみたいだね」

「そうか。いま、康四郎のほうと会った。ただの着流しで、隠密《おんみつ》で探索してるふうだったな」

「へえ、康四郎さんがねえ。一人でしたかい?」

「いつもの下っ引きのほうはいなかったな」

「女は?」

と、仁左衛門は不安げに訊《き》いた。まさかあの小助《こすけ》を連れていたのではないかとハラハラしてしまう。

「探索だもの。女など連れてるか」

「あ、いや。そういうときは敵をあざむくため、女を連れていたりするらしいよ」

と言いつつ、仁左衛門はほっとした。

そのうち、〈みずさわ〉の前に下働きらしい男が出てきて、玄関まわりの掃除を始めた。

仁左衛門が、ここに来る駕籠屋はどこから呼ぶのかと訊いたら、ときどき回ってくるのを適当に呼び止めているだけだという。

「回って歩くってえのもおかしな気がするね」

と、仁左衛門は夏木に言った。

「そういうのもあるかもしれぬな。では、もう一つ、駕籠屋の親方がいたというほうに行ってみようか」

「そうだね」

と、仁左衛門は覚えている道をたどった。

銀座の門の前を通って、蠣殻町の通りをすこし行くと、ここらは松島町である。

昔はこのあたりに町奉行所の同心たちの組屋敷があったのだと藤村から聞いたことがある。だが、いまはまったくそんな面影もない、ありきたりの町人地である。

「ここらだったような気もするんだがね」

だが、駕籠屋は見当たらない。

空き家はある。

「まさか……」

と、夏木が首をかしげて言った。

「まさかってなんだい、夏木さま？」

「ここにいた連中もみんな幽霊だったとは……」

と言って、にやりとした。

「やめてくれよ」

仁左衛門は本当に鳥肌を立てている。

「ちっと、あそこの男に……」

と、近くにいた男に訊いた。

「ここらに駕籠屋があったはずなんだがね」

「ああ、そこの空き家のところでやってたけど、ほんのすこしのあいだだけだぜ。それもやる気があるのかないのか、まるで気合の入らねえ駕籠屋だったよ」

「ふうむ」

やっぱり妙な話である。

「あ、笑った」

耳次《みみじ》と名づけた赤ん坊を抱いて、おちさが言った。

「おやおや、いま、笑いまちたねえ」

と、自分の額を耳次の額につけた。

まだ、首も据わらない。寝てばかりの赤ん坊である。それでも、目がきょろきょろと動くようになり、本当に笑っているのかどうかわからないが、笑顔のような表情も見せるようになっている。

「ああ、いい匂い。赤ちゃんの匂い」

と、おちさが鯉右衛門《こいえもん》に言った。

「うん。いい匂いだ」

鯉右衛門がうなずいた。

――ちっと痛ましい感じがしてしまう。

と、仁左衛門は思ってしまう。

子のない夫婦。子を望んでもなかなかできないでいる。できればできたで苦労は尽きないのに、ないとなると巨大なものが失われているような気になってしまう。

この嫁にも子どもができてくれたらいい。仁左衛門は本当にそう思っている。

財産争いがどうのと言う連中もいるが、世間には複雑な家だっていくらもある。

それがみな、骨肉の争いをしているわけではない。

「ところでさ」

と、仁左衛門が幽霊駕籠の話をした。鯉右衛門夫婦には、まだその話をしていなかったのだ。

「この人ったら間抜けですよね。そんな駕籠に乗り合わせるなんて」

と、おさとがおちさから耳次を受け取りながら言った。

「間抜けじゃないさ。幸運かもしれねえだろ」

「おやおや」

おさとは馬鹿馬鹿しいといった顔だが、

「そいつは面白いですね」

鯉右衛門が興味を示した。

「なんだろうな」

「もちろん、儲《もう》け話になるのですよ」

「そうかね」

「儲けがからまなきゃ、そんな面倒なことはしませんよ。単に、世間を驚かせて喜ぶだけのことにしては、大がかりすぎます」

たしかにそうなのだ。

だが、駕籠屋がそんな幽霊を使って、儲けることなどあるのだろうか。

鯉右衛門はしばらく考えていたが、ぽんと手を打った。

「そうか」

「わかったのかい？」

「おとっつぁん、そいつは年寄りをうまく使うためじゃないですか」

「どういうことだ？」

「つまり、いったんそこに寄って、遠くまで行く客なら若い者が担ぐ、近いところなら年寄りが担ぐ。そこで振り分けるんです。一人二人のことならどうってことはねえが、これが何十人と運ぶとなると、ずいぶん効率はちがってくるはずです」

「ほう」

「しかも、あっしだったら近所の神社あたりと話をつけます。客になんかがついてるかもしれねえから、お祓《はら》いをしたほうがいいって。そこの神社にはちょうど、幽霊祓いに力を発揮する神主がいるからと。しかも、おまじないとしてそこの縁起物なんかも売ったりすれば、一人の客からいろんな金をぶんだくることができますよ」

「なるほど」

とは言ったが、たぶんちがうはずである。

なにせやる気のない駕籠《かご》屋だったのだ。そこまでしていろんなことをする駕籠屋だったら、やる気が見えないわけがない。だから、きっと鯉右衛門の推測はちがっているはずである。

ただ、そうした推測を思いつくというのは、まんざら鯉右衛門にも商才がないわけではない。

――こいつ、またおかしなことを考えないだろうな。

と、仁左衛門は心配になってしまうのだった。

そのころ、藤村慎三郎は浅草を回っていた。これでもう五日つづけて、浅草に来ている。毎日、焦りがつのっていた。

――もしかしたら。

と思うこともあった。鮫蔵は罠《わな》に落ちたのではないかと。だが、あれだけしたたかで、周到な男を落とす罠というのがなんなのか、藤村は思いつかなかった。それでも人には油断というものがあり、悲運というものもあるはずだった。

待乳山聖天社《まっちゃましょうでん》の近くに来た。ここは、よく浮世絵などにも描かれる名所である。ちょっとした高台になっているので、大川の景色もきれいである。

そのふもとあたりに来て、

――ん？

と、足を止めた。小さな神社らしき祠《ほこら》がある。この前もここらは通ったのだが、あまりに小さくて気がつかなかったらしい。

寺町にある神社はそう多くはない。あっても浅草寺のように、寺内におさまっていたりする。ここは、とくに寺内ではない。

だが、一見、神社に見えるが、何を祀《まつ》っているのかよくわからない。祠をのぞいても、石のようなものが真ん中に見えているだけである。

ただ、絵馬はいくつも奉納してある。

崩れた字で、「下」という字と「無」という字が見えた。あとは人の顔の絵が描いてあるだけである。

――これは、げむげむの絵馬ではないか。

ぶら下がっている絵馬を一つずつすべて見た。病気退散。学業成就。家内安全。女が欲しい……。ほかにもそれっぽいのがあった。新しい世、下無。げむげむ。鮫蔵の話によれば、それは寄生虫みたいに入り込んで来るという。寺だけではなく、神社にも入り込むのか。

すこし背中に寒気が走った。

――ここらだ。鮫はここらにいる。

と、藤村は思った。

神社の周囲を歩いた。祠の周囲は町人地の貧しい家並みだった。もうすこし行くと、今度は寺がつづいた。このあたりに来ると、大きな寺は少なく、いかにも檀家《だんか》の数もお布施も少なそうな、貧しげな寺が多くなってきた。屋根も瓦葺《かわらぶき》ではなく、茅葺《かやぶき》の屋根が多かった。もう一度、鮫蔵の存在を感じた。

振り返った。貧しい寺の壊れかけた築地塀《ついじべい》。それから貧しい町人たちの長屋がつづく家並み。そのどこか。

――なんだろう。

勘とはちがうのではないか。もっとはっきりしている。勘などより、さらにはっきり感じられるもの。匂いとか、味とか、そういうもの。耳か。目か。

見まわした。どこかにあるのだ。いまもあるのだ。

藤村は、もどかしい気がした。


「あれは、座敷牢《ざしきろう》に入れるしかないな」

と、遠い昔に父が姉に言った。

神谷久馬は廊下の隅に立ち、その話を聞いた。剣術道場へ向かったが、途中、忘れ物をしてもどった。父と姉は、てっきり自分がいないと思って話しているのだった。

「そこまでなさいますか」

と、姉が驚いて訊《き》いた。近所の家に嫁いでいた十以上歳の離れた姉で、母が亡くなってからは完全に久馬の母親代わりになっている。

「する」

「どれくらい入れるのですか」

「すぐに出すくらいでは示しがつかぬ。もう絶対しないと確約を取るまでは、少なくても一年は入れておかないと駄目らしい」

と、父は言った。

そんなことは誰に聞いたのだ。自分はそんなことは聞いたことがない、と、久馬は歯ぎしりして悔しがった。

「そこまでせぬと、あれの素行はおさまらぬ。目は覚めぬ。馬鹿者だ、あれは」

とうとう座敷牢に入れられるのか。

「あいつのためだ」

と、父はつらそうに言った。本当につらいのかもしれない。だが、それはますます久馬の心をがんじがらめにした。あらゆる未来が縛られようとしている。

神谷の家は山同心《やまどうしん》の家柄だった。八王子周辺の山を歩きまわり、木の育ち具合を見、伐採の計画を立てた。久馬は見習いとしてこなしたこの仕事が好きだった。山に入ると、心がのびのびした。山野で出会う花はきれいだったし、小さな獣たちも愛らしかった。

だが、父は町場の地位を求めた。なんとか久馬の代にはと嘆願を繰り返した。

「やめて欲しい」と久馬は言った。「馬鹿者。一生、山に入って終える人生のつらさが、お前にはまだわからないのだ」と父は言った。

結局、父は約束を取りつけていた。久馬は翌年から、山同心としてではなく、蔵米の管理をおこなう部署に出仕することになった。

――あの人がいる限り、わたしは縛られつづける。

久馬はそう思った。お前のためにと父はわたしを縛る。わたしはわたしのために縛られる。わたしの望みも性格も未来も、すべて縛られる。

そして、決心した……。

四

「悪いな、こんなところで」

と、康四郎は芸者の小助が化粧を直すようすを見ながら言った。

ここは洲崎《すさき》神社の近くにある出合い茶屋である。よしずの向こうには白波が立つのが見え、ずっと波の音がしている。

「どういう意味？」

「なあに、あんたに家でも借りてあげられる甲斐性《かいしょう》でもあれば、こんなところに入らなくてもと思ってさ」

「何、言ってんのさ。見習い同心にそんな甲斐性があるわけないじゃないか。つまんない背伸びはやめたほうがいいよ」

「背伸びかよ」

「背伸びだよ」

「惚《ほ》れてるからだろ」

「ほんとかい？」

　と、小助は振り向いた。

「ほんとさ」

　康四郎はうなずいた。気持ちに偽りはない。発句の師匠のかな女《じょ》とつきあったときとはまるでちがう気持ちである。あのときはどこか憧《あこが》れの気持ちが強かった。いまは、かわいくてたまらない。毎日でもいっしょにいたい。

「ふうん。ま、いいさね。男のじつは、徐々にわかってくるから」

「そんなこと言わずに、早くわかれよ」

　と、康四郎は足を伸ばして、座っている小助の尻《しり》をくすぐった。

「やあね。それより、最近、なんか面白いできごとはないの？」

「ある。幽霊駕籠《かご》」

「あ、お座敷で聞いたこと、ある。それ、康四郎さんが担当してるの？」

「担当なんかあるもんか。ただの噂話だし、悪事がからんでるかどうかだってわからねえ」

幽霊駕籠のことは、噂でも聞いたが、おやじからも聞いた。仲間の七福堂さんが乗り合わせて、初秋亭の人たちが調べているらしい。このあいだ、夏木さまとばったり会ったのは、その調べの途中だったらしい。

「ありゃ、幽霊じゃねえらしいぜ」

「やっぱり」

「やっぱりって、なんでそんなこと思うのさ?」

「だって、幽霊が二人いっしょに出るなんて、聞いたことないもの」

「そういえばそうか」

「なんだろうね」

「そんなこと、おいらが知るか」

はっきり言って、そんなことなどどうでもいい。それよりも、いま命じられている探索のほうでなんとか手柄を立てたい。

「なんで、わざわざ幽霊のふりをして駕籠をかつがなくちゃならないの? なんで、途中で乗り換えさせなくちゃならないの? あたし、考えてみたんだよ。この前のお座敷、つまんなかったから、一人でずっとそればかり考えてたんだよ。もしかしたら、荷物を運びたかったのかなとか」

「荷物ね……」

と、気がなさそうにつぶやいたが、

「え、いま、なんて言った？」

康四郎は飛び起きた。

「荷物を運ぶためって言ったけど？」

「荷物……？」

どきりとした。もしかしたら、自分がこのところ張り込みをしていることに関係があっただなんて……。

「そう。客は関係ないの。いったん、そこから荷物を出したいの。出しさえすれば、客なんてどうでもいいの。だから、幽霊のふりして、途中で駕籠を替えるってわけ」

「いったん、出す？」

「うん。もしかしたら、それってけっこう重いものかも。駕籠の下に隠してるけど、上に人を乗せるからふらふらになってしまう。逆に、幽霊の真似でもしなかったら、変に思われちゃうかも」

「あっ　ああ」

おかしな声を出しながら康四郎は立ち上がった。

「小助。ちっと先に行くぜ」

「あら、冷たいねえ」

「そうじゃねえ。おいらは見習いから抜け出せるぞ」

「何言ってんの」

「甲斐性、甲斐性」

着物を直し、刀を差して、

「じゃあな」

と、外に飛び出した。いまから奉行所まで走るつもりである。

銀座から銀が横流しされている。勘定奉行《かんじょうぶぎょう》のほうから来たのか、それとも別のところなのか、そんな上のほうの話は、見習い同心ごときにわかるわけがない。ただ、銀座のまわりで、怪しい者を見張れ——そう命じられただけだった。見張るときは、同心とわからないようにしろとも言われていた。

通常、そうした仕事をおこなうのは、隠密《おんみつ》回り同心《どうしん》と呼ばれる人たちである。なんでそんな仕事の真似をしなければならないのか。黒羽織に着流しが嬉《うれ》しくてたまらない康四郎は、いささか不満だった。

だが、その銀座の銀の横流しが引っかかってきた。

すぐ前にある料亭。銀座から放り投げたって届く距離である。

そこに集めた銀を移そうとしても、すでに周囲は見張られている。だが、料亭に出入りする駕籠なら怪しまれることはない。

駕籠の底に入れた銀。それをまた別の隠し場所に移そうというとき、客を乗せたままそこに行くのは容易ではない。銀というのはたいそう重いものらしい。

そこで、いったん別のところで降ろし、乗り換えてもらうには……。

幽霊駕籠はそれだったのだ。

途中、初秋亭に立ち寄った。いくつか確かめてみたいこともあった。

「ごめんください」

「おや、康四郎さん。汗びっしょりでどうしました。おやじどのはいませんぜ」

父親はいなかったが、七福堂と夏木がいた。

「なあに、この前、お二人が調べていた幽霊駕籠なんですがね……」

と、推測を語り、

「どうです。矛盾するところはありますか？」

「いや、ないね」

「そりゃあ、隠居仕事ではない。康四郎さん、よく気がついたね」

「いいえ。あっし一人で考えたというより、ちっと知り合いが手がかりをくれたりしたもので」

と、小声で言った。

「いい知り合いを持ったのう。それは、康四郎さんの人徳だ」

と、夏木はいつもの機嫌のいい声で言った。

「こんなに早く手柄を立てたら、康四郎さん、おやじどのをはるかに超えちまうね」

仁左衛門がからかうと、

「そう。もう、超えたかもしれぬぞ」

と、夏木は笑った。

「おやじを？」

と、康四郎は言った。お世辞に決まっているが、しかしほんとにそうなったらさぞやいい気持ちだろうと、康四郎は思った。どちらかというと冷たいおやじで、それだけにうるさく押し付けるようなところもなかった。正直、すこし似たところはあるが、あまり関係のない人くらいに思っていた。

それでも、おやじを超えるということは、嬉しい気持ちを呼び起こすらしい。父と子の関係というのは不思議なものだった。

——おやじが生きている限り、わたしは生きていけない。

暗くなりはじめた田んぼを見下ろしながら、神谷久馬はそう思っていた。昨日と一昨日の晩は家には帰らなかった。帰ればひどい叱責《しっせき》が待っているだろうし、そのまま座敷牢《ざしきろう》へと入れられてしまうはずだった。

一人だけ、昔、座敷牢に入れられたという噂のある人を知っていた。確実な話ではないが、そういう噂だった。あまりに素行がひどくて、二年ほど座敷牢に閉じ込められたことがあったのだと。

三十くらいの寺社方《じしゃかた》の仕事をしているが、ひどくおとなしい人だった。静かな声で話し、笑顔などは見たことがなかった。とても昔、座敷牢に入れられた人のようには見えなかった。

——あんなふうにさせられるのか。

と、久馬は怯《おび》えた。怯えるとますます酒が飲みたくなり、飲めばいっそう気が重くなった。自分でも嫌な酒だと思った。

その酒の中で、

——わたしは辻斬《つじぎ》りだ。

と、思った。倅《せがれ》としては斬れそうになかった。辻斬りになるしかなかった。
街道から入った田んぼの中の一本道。
親戚《しんせき》の祝儀に呼ばれている父は、必ずこの道を帰って来るはずだった。この道は
また、辻斬りが出てもおかしくない道だった。じっさい、何年か前に辻斬りが出て、
百姓が一人殺されたことがあった。
また、出たのだ。そう思われるにちがいなかった。
久馬は小高い丘にある神社の祠《ほこら》の裏からこの道を見下ろし、父の帰りを待った。
父の帰りを待つうちに、それを喜んで待ったころもあったのだということを思い
出した。お帰りなさいと飛びついた日々。ざらりとした頰の感触が心地よかった
日々。不思議だった。その父をいま、斬ろうとしていた。いつからこんなことにな
ってしまったのか。
父が描いた自分の道を示された。それは自分が行きたい道とはちがっていた。す
こし外れると、押しもどされた。その繰り返しをするうち、自分はまるで反対の道
に行きたくなり、父は歩むことすら許さないといったふうになった。
「この世は巡礼なのだ」
別の声がした。

亡くなった周五堂先生の声だった。父の密告によって殺された先生の声だった。

「苦しみながら歩きつづけるところなのだ」

先生はそう言った。

安住などはありえない。そんなものは求めるなと。苦しみながら死ぬまで歩きつづけるのだと。

だが、座敷牢になど入れられたら、歩くことすらできなくなってしまうではないか。

かわずがうるさいくらいに鳴いていた。あのときのかわずの声だけは忘れられない。地上にお声明のように満ち満ちていたあの声。

広い空は晴れ渡り、星々がいっぱいに散らばっていた。なぜ、これほど美しいのかと不思議に思えるほどの星空だった。

田んぼにはすこし前に水がはられていた。田植えもすんでいた。光る水面《みなも》に小さな稲の苗が並んでいるさまは、天の草原のようにも見えた。

ついに父の姿が現われた。

久馬は祠の裏から出て、覆面をし、坂を下りて一本道に出た。

分かれ道のない一本道の真ん中。そこで出合った。久馬はすぐに刀を抜いた。逆に斬られるかもしれない。むしろそれを望んでいるのかもしれない。

刀が油を塗ったようにぎらぎらと輝いても、かわずの声は熄《や》まなかった。

「きさま、久馬であろう」

と、父が叱るように言った。

叱声《しっせい》は聞き飽きていたが、なぜわかったのかと驚いた。

あとで思えば、身体つきや目つき、発する気配などからわからないはずがないのに、そのときは驚いた。

「…………」

久馬の身体に巨大な怒りが満ちてきた。自分を押しつぶそうとするもの。自分の未来を奪おうとするもの。それがそこにあった。

だが、何も言わなかった。言葉が通じないのはわかっていた。

踏み込んで、袈裟《けさ》がけに斬った。父は刀を合わせなかった。血がざざっと田んぼの水に流れた。ようやくかわずの声が熄んだ。

「父を殺すのか、きさま」

と、父がまた、久馬を叱った。

「朝から晩までそなたのためを思い、つらい仕事に耐えつづける父を殺すのか」

「黙ってくれ」

「地獄に落ちるぞ。馬鹿者めが」

父の身体が何度か大きく揺らぎ、あぜ道から田んぼに倒れこんだ。

久馬は父の懐を探った。巾着《きんちゃく》を取った。辻斬りに見せかけるため、しておかなければならないことの一つだった。

「もう、ないか。これで終わりか」

と、久馬は自分に言った。

「まだあるだろう、馬鹿者」

と、父が言ったような気がした。

「もういい、もうわたしを叱るな」

そう言って、胸をさらに一突きした。

久馬は満天に星が瞬く下のあぜ道を走った。この道は走っても走ってもつづくように思えた。

背中のほうではまた、かわずが国じゅうに噂話をするようにうるさく鳴きはじめていた。

「申し訳ありません」

と、粥《かゆ》をすすり終えて、鮫蔵は頭を下げた。「すっかりご迷惑をおかけしています」

数日前まで、粥をすする手が震えた。その震えは消えていた。手つきがしっかりしてきた。

倒れていたときはずいぶんと肉づきのいい人だったが、見る見るうちに痩せ、いまは手の甲がしわしわに見えるくらいだった。

「いいえ。御仏《みほとけ》のご加護ですよ」

と、和尚が言った。

「助けてもらえるような……男じゃねえのに……」

と、顎《あご》が胸につくほどにうなだれた。

「そんな……」

かわいそうにと小坊主は思った。

この人は気弱で真面目な人なんだ。それがどういうわけかひどい目に遭い、腹を刺されたりした。

「名前はまだ、思い出しませぬか？」

と、和尚がやさしく訊《き》いた。

「はい。あいすみません」

ちらりと鮫蔵という名が浮かんだが、その名前は嘘の名だとわかっていた。嘘の名を告げても仕方がない。本当の名を思い出そうとすると、頭がぼんやりしてきた。

「寺社方には言ってあるんだ。町方とも相談してくれたのかな。あの方は面倒くさがりだから、もしかしたら……」

と、和尚は心配そうな顔をした。

「何か思い出したことがあったら言いなさいよ」

「はい」

と、鮫蔵は答えた。だが、何も思い出したくなかった。自分が殺した人のことも。自分を殺そうとした人のことも……。

第三話　迷信の種

一

「おっと、いけねえ」

七福仁左衛門が初秋亭の玄関のまわりにたっぷりと打ち水をしていると、前に立った五十年配の武士にあやうくかけそうになってしまった。

「申し訳ありません」

「いや、大丈夫だ」

「お武家さま、何かご用で？」

「うむ。こちらに夏木権之助どのが来ておられると聞いてまいったのだが」

菓子折りを持っているので、依頼人だとはわかる。武士の依頼はめずらしい。

「ちょっとお待ちを」

藤村はまだ来ておらず、夏木はさっき二階に上がって行った。おそらく二階で、筋伸ばしの訓練をしているのだ。

筋伸ばしは、医者の寿庵に三人とも勧められたのだが、夏木がいちばん熱心にやる。夏木は薬草の研究も怠りなく、近ごろはドクダミと柿の葉の茶を、一日に一杯ずつ喫している。一病息災とはよく言ったもので、以前は肉がつきすぎていたが、痩《や》せてすっきりした。しかも、右半身などは以前よりも筋肉がつき、たくましく見える。

「夏木さま。お客さんだよ」

夏木は階下をのぞきこみ、

「おう。矢野長右衛門《やのちようえもん》ではないか」

と、懐かしげな声をあげた。

以前、夏木の下で働いてくれた男である。歳は夏木より十ほど下だが、若いときから方々に気配りができる男だった。

「どうした。上がれ」

「いったん浜町堀のほうをお訪ねしたのですが、こちらだというので」

「うむ。このところ、ほとんど毎日、来ているのさ」

矢野長右衛門は二階に上がってきて、

「涼しいですな、ここは」

「まだ昼前だからさ。そのうち蒸してくる」

「そうですか。ここが噂の初秋亭ですか」

と、ぐるぐる部屋の中を見まわした。

夏木たちはすっかり慣れたが、この家の造りは相当に変わっている。壁土の色や、天井の羽目板、障子の桟のかたちなど数えあげたらきりがないが、これをつくった人が凝りに凝ったものだから、不思議な感じがしているのだろう。

さらに窓の外に目をやれば、大川の河口の雄大な景色である。ただ、いまの景色は上にあがりはじめた夏の陽射しのせいで、ぎらぎらと輝き、客人には雄大さよりもうんざりするようなこれからの暑さを思わせてしまうかもしれない。

「噂の、は大げさだろう」と、夏木は言った。

「いいえ。ああいう隠居暮らしもあるのかと、よく話題になります。とくに隠れ家というのに憧《あこが》れる者は多いみたいです」

「あっはっは。そうかね」

夏木もまんざらではない顔をする。

仁左衛門を矢野に紹介して、二人で話を聞くことになった。たぶん藤村は浅草に直行し、来るとしても遅くなってからだろう。

「じつは、夏木どのもご存じの、桑江《くわえ》頼母《たのも》さまのことなのです」

「ああ、お浜御殿奉行《はまごてんぶぎょう》の桑江か？」

と、夏木は言った。こちらは矢野とちがって、夏木と同年輩の友人である。

「いえ。じつはこの春、隠居なさいまして、わたしが次のお浜御殿奉行になったのです」

「おや、そうだったたか。近ごろ、お城の動向にうとくてすまぬ。それは祝着しごくにござった」

と、頭を下げた。

「いえいえ、わたしのことはどうでもいいのですよ」

「桑江のことはよく知っているぞ。子どものころ、学問所でもいっしょしたことがあるし、お互い四十くらいのときだったたか、たまたま仕事でふた月ほど、安房《あわ》のほうに詰めたことがあったのさ」

「そうでしたか」

「几帳面《きちょうめん》で、真面目な男だ。そのぶん面白みはないが、なぜかわしとは馬が合ったような気がするがな」

「ええ。桑江さまも夏木さまのことは好きだったらしく、ときどきお話にも出ていました。それで初秋亭の評判も聞いていたし、ご相談にうかがった次第です」

「桑江がどうかしたのか？」

と、夏木は心配そうに訊いた。

やめたあとで、とんでもない借金や帳簿の改竄《かいざん》が明らかになることもある。そんな話はあまり聞きたくない。

「はい。じつはその……お辞めになった桑江さまがいまだに毎日、お浜御殿に出てくるのです」

「ああ。引退したのに、ずっと出仕してくる男というのがいるらしいな」

と、夏木は仁左衛門を見た。

仁左衛門もうなずいて、

「いるらしいですね。あっしは藤村さんから、そういう人が奉行所にもいたと聞いたことがあります。なんか、哀れですよねえ」

「ボケたのかのう」

「そういうのが多いらしいよ」と、仁左衛門は言った。

「矢野。だとしたら、この初秋亭でもどうにもできぬぞ」

「いや。桑江さまは話はしっかりしていますし、年寄りがボケるのとはちょっとちがうと思うのです」

「じゃあ、やはりあれだ。自分がいなくなって大変だろうと思っているのさ。だから、出てきてやっているのだという気持ちなんだ」

「ははあ。出てきていただいているわけですな。だが、ご家族も困っているそうなんです。もう行くなと、止めたりもするらしいのですが」

「出てきてしまうんだな」

「そうみたいです」

と、矢野は苦笑した。

「ああ。それは……」

夏木はわかる気がした。それは、ものすごくわかる気がした。

夏木自身はそんなふるまいはしなかったが、隠居し職を離れる者の寂しさとか喪失感というのは、なってみなければわからないのだ。

隠居や家督をゆずるときが待ち遠しいという者もいる。だが、大方は寂しいのではないか。

その日がやって来ることを、いつごろから考えたのだろう。夏木はぎりぎりまで考えていなかったような気がする。どうにかなるだろうと、たかをくっていた。初秋亭の中では、藤村がいちばん考えていたかもしれない。だからあいつは、景色のいいところに住もうなどと言いだしたのだ。

もしも、藤村や仁左がいなかったら、自分だって桑江のようなことをしていても不思議ではない。夏木どのはどうしてしまったのか、家族も困っているらしいぞ、などと囁《ささや》かれるようなことがあったかもしれないのだ。

「そういう男は、ほかの世界の者とつきあうようにしないとな」

と、夏木は仁左衛門の顔を見ながら言った。

「そうなんだよなあ」

と、仁左衛門も賛成した。

矢野もまた同感だというようにうなずいたが、

「それがなかなかほかの世界の者とはつきあえないみたいです。一つの職場でいちばん上の地位になったりすると、どうしても偉そうになってしまうんでしょうね。わたしなども、この先、気をつけなければと思っているのですが」

「威張っているつもりはなくても、やはりからかわれたり、軽く見られたと思うと、むっとしたりするのさ。相手もそういうやつは避けるわな。わしみたいに、若いころからこういう口の悪い仲間とつきあっておかないとな」

と、夏木は言った。

だが、いまはそんなことを言っても仕方がない。矢野の相談というのは、要するに隠居した人間を職場に来ないようにしてもらいたいということだろう。

「たまにはいいのですが」

「うむ。毎日来られたらなんだかな」

「ええ。やめた人は、首にもできませんし」

と、矢野は情けない顔で笑った。


翌日――。

夏木権之助は陽射しがきつくならないうちに、お浜御殿を訪ねた。初秋亭よりはちょっと距離があるが、これくらいは歩けるようになっている。それにどうしても疲れたなら、途中の河岸で猪牙舟《ちょきぶね》を拾うこともできる。この日は乾いた風が吹いていて、陽射しが出てもしのぎやすそうだった。

お浜御殿とは、築地《つきじ》の南側にある将軍の別邸である。もっとも、利用することは滅多にないらしい。

汐入《しおいり》の池を中心に多くの築山《つきやま》などもつくられ、広大な庭になっているが、有事には城としても機能するのだ。

門も大手門《おおてもん》と中之門《なかのもん》というのがあり、石垣も高く組まれて、お城並みにいかめしい。

大手門の門番に奉行の矢野の名を告げ、詰所に案内された。

ここは、お城のほかの部署とはあまり行き来もないらしい。一つの世界ができあがっているのだ。こういうところでは奉行なども、いつの間にか世間とかけ離れた感じになってしまうかもしれない。それが桑江にはよくなかったのではないか。

「夏木どの。さっそく申し訳ありません」

「なあに」

と、夏木が滴る汗を拭《ふ》くのに、

「もしかして、お駕籠《かご》では?」

と、訊《き》いた。足の具合からてっきり駕籠を使うものと思っていたらしい。

「これくらいの距離に駕籠を使っているようでは、病など治らぬさ」

夏木はそう言った。本当に歩くことは身体の基本である。病のときこそ、大いに歩くべきだといまは思っている。

「そういうものなのでしょうな」

と、矢野もうなずき、「ここは初めてですか？」

「うむ。初めてだ」

「お城とはまた、趣《おもむき》がちがいましょう」

「たしかにな」

とは言ったが、期待したほど浜風は涼しくない。むしろ、初秋亭のほうが浜風川風が入り混じって、風の通りはいいかもしれない。

「桑江は？」と、夏木は訊いた。

「ええ。今日も来ておられます」

夏木は首を伸ばして、詰所の奥をのぞいた。奥は暗くひんやりとしていた。退屈な繰り返しの気配もあった。かつて夏木もいた職場と同じ気配だった。

「いや、庭のほうに行かれてます」

案内されて、裏からお庭に出た。さすがによく手入れがされている。汐入の池の中には中ノ島がつくられ、茶室のようなものもある。池に沿った道を足元に気をつけながら、海のほうに進んだ。

「あそこに」

海辺の手前に、富士のかたちになった大きな築山がある。その隣りの小高い山のほうに桑江はいた。

「わたしもごいっしょに？」と、矢野が訊いた。

「いや、わし一人のほうがいいだろう」

と言って、夏木は桑江のいるところに近づいた。

「よう、桑江頼母」

呼ばれた桑江は、手をかざしてこちらを見つめると、

「おお、夏木権之助ではないか」

と、両手を上げた。長い眉《まゆ》がいくらか白くなった以外には、とくに変わりはない。

鳩のように小さくて丸い目をした真面目そうな男である。

「ひさしぶりだな、桑江」

「どうしてここに？」

「矢野はわしの部下だったのでな」

「そうか。倒れて回復したとは聞いたが」

「うむ。見てのとおりだ」

「ちょっと足をくじいたくらいではないか」

と、桑江は夏木の足を見て言った。

そこまでは治っていない。だが、桑江にはちゃんと相手を思いやる気持ちがあるということなのだ。

隠居とは関係なかったが、夏木の知り合いで気を病んだ者は、相手のことを考えるなどというのはもちろん、感情というものを石のように固まらせてしまった。

「だいぶ訓練したのでな。桑江も元気そうだぞ」

たしかに呆《ぼ》けているようには見えない。

「夏木。あそこにかけよう」

こちらの小山の上には、切り株がいくつか置いてある。葉を繁らせた木の下で、陽射しも防いでくれていた。

並んで座った。

目の前に海が広がっている。初秋亭からだと前に石川島や佃島が横たわっているので、こちらのほうが広々としている。大きな廻船《かいせん》が沖のほうで停泊しているのが見えた。その船に向かって、はしけが左手から漕ぎ出していく。

しばらく景色に見入ったあと、

「ここは退いたと聞いたぞ」

と、夏木が言った。

「うむ。そうなんだが……」

桑江は照れたような顔をした。

「やめたあともこんなふうに来ているのは、自分でもすこし変だと思っているのだ」

「ほう」

「ただ、朝起きると、ここに来ずにいられなくなる。おかしな気持ちなのだ」

「何か気になることがあるのか」

「まあな」

「忘れ物のようなものか」

と、桑江は少年のような顔でうなずいた。

「そうなんだ」

頭をやられると、そういうこともあるらしい。自分も中風《ちゅうぶ》を患って、そうした記憶が抜けていたりすることはないかと不安になったこともある。寿庵には頭は大丈夫だと言われたが、頭の中のことはのぞいたわけではない。

桑江も知らないうちに軽い中風でも患ったのではないか。

そう思って、桑江の動きをじっと見るが、表情や身体の動きにおかしなところはないようだった。

何かやり残した仕事があるのだ。あるいはしくじりかもしれない。それが思い出せなくなっている。

後任には言いたくない。知られぬうちに自分で処理してしまいたい。

——気持ちはわかるな。

と、夏木は思った。

そういえば、自分にも似たようなしくじりがあるのを思い出した。職場の正月用の飾りとして、蕪村《ぶそん》の屏風《びょうぶ》を購入した。まだ四十代の半ばくらいだった。言い値で買ったが、別段、夏木が賄賂《わいろ》を取ったわけではない。納められたあと、蕪村の筆というわりには、何かわざとらしい重厚さを感じた。贋物《にせもの》ではないか。そう思ったら、支払った金額の多さにうんざりした。

これが数年前であれば、洋蔵あたりに確かめてもらうことができたかもしれない。だが、当時は自分の疑いに蓋《ふた》をするように忘れてしまった。それを十年以上経ってから、ときどき思い出すようになった。それどころか、あの屏風がいまだに正月のたびに飾られているかと思うと、落ち着かない気分になってしまう。

この日は、あまり追いつめずに終わりにすることにした。

「桑江。わしは、今日はこれから用事があるのだが、明日、また会おうではないか」

「それはかまわぬが……では、明日もここで」

「いや。ここでないところのほうがいい。外で会おう。そなたも、ちと、ここを離れたほうがよいぞ」

夏木がそう言うと、桑江はすこし不安そうな顔をしたが、

「そうだな。そうするか」

と、了承した。

二

次の日――。

夏木と桑江頼母は、巳《み》の刻（午前十時ごろ）に永代橋のたもとで待ち合わせた。

桑江の屋敷は築地にあるので、あいだを取ったのである。

会うとすぐ、近くの水茶屋に入った。

水茶屋にはおなじみの前かけをかけたかわいらしい娘がいる。その娘が麦湯を持

って来ると、桑江は顔を見てにやりとした。ごくありふれた初老の男である。

「こういうところで日がな一日のんびりするのもいいだろうな」

と、桑江は言った。

じっさい、そんなやつはいくらもいる。

「やってみればいいさ」

と、夏木は言った。そんなこともしたことがないのだったら、桑江はかわいそうだと思った。

「そうだな」

迷っているらしい。

「反対のほうに来た」

と、桑江はぽつりと言った。

「反対？」

自分の人生の夢とは、というようなことだろうか。

「そうだ。いつも屋敷を出て、南に行く」

「ああ。そういうことか」

単純に方角の話だったらしい。桑江の屋敷は築地なので、お浜御殿に行くには南に向かう。だが、こっちは北である。

「どうでもいいことか」

桑江は自嘲《じちょう》したように笑った。

「どうだ、行かぬと落ち着かぬか？」

と、夏木は責めるような口調にならないよう気をつけて訊《き》いた。

「そうだな」

桑江は小刻みに足を動かしている。

「だが、新しい人生が始まるのだからな」

「始められるかな、わしに」

「始めなければならないのさ」

と、夏木は言った。若いころに初めて出仕したときとずいぶんちがう気持ちである。入り口と出口というのはこれほどちがうのかと呆《あき》れるくらいである。希望は少なく、不安ばかりが大きい。だが、それは気持ちの持ちようなのだ。

「倅《せがれ》にもそう言われた」

「倅はお浜御殿ではないのか」

「うむ。勘定方《かんじょうかた》にいる」

桑江も若いときはそちらにいたはずである。

「楽しみもいろいろつくったほうがいいぞ」

「楽しみなあ」

途方に暮れたような顔になった。

「あるだろう？」

「それがあまりなくてな。仕事一筋だったから」

仕事一筋で来てしまうと、しばしば一つの角度でしか人生や世の中を眺めることができなくなる。そういう男のほうが仕事もできたし、出世したりする。ところが、あとに待っているのは思いもかけない荒涼とした景色だったりもする。

「物見遊山はどうだ？」

「あんな景色のいいところに、毎日行っていたのだぞ。ほかの景色がつまらなく見えてしまうさ」

たしかにそうかもしれない。目をつむると、お浜御殿の庭の景色が浮かんできたりするのだろうか。

永代橋を深川のほうから、旅役者の一行がやって来るところだった。荷車に積んだ荷物の上に座った女が、笛を吹いている。おどけたような音が真夏の光の中で小さな風のようにここまで渡ってきた。

「昨日は言わなかったが……」と、桑江が言った。

「うむ」

「じつはな、悪い種をまいたらしいのだ」

「悪い種とはなんだ？」

「悪い花を咲かせる」

「………」

一瞬、大丈夫かと思った。妄想の世界に行ったのかと。

「ほれ、不吉な花というのがあるだろう」

「ああ、そっちのな」

と、夏木は生返事をした。よくは知らないが、余計なことを訊くと話の腰を折ってしまいそうである。

「その種をまいた。わしがまいたわけでもないし、まけと言ったわけでもない。だから、どこにまいたかも忘れてしまった」

「なんという花だ？」

「それを忘れたのだ」

「忘れるくらいなら、たいしたことではないのではないか」

「いや、そうではない。上様が来られる庭に、不吉な花を咲かせるわけにはいかぬ。早く見つけて刈り取らなければならぬ……」

ちょっとおかしな表情になった。

狂気とまでは言えぬが、いくらか尋常ではない。不安の度が強すぎるような表情である。

「よし、わかった、桑江」

と、夏木が桑江の二の腕あたりを叩《たた》きながら言った。

「それはわしにまかせろ」

「おぬしに？」

「そう。わしが探してやる。その不吉な花を探して、引っこ抜かせてやればいいのだろうが」

あまりに調子のいい太鼓判に、

「そりゃあ、まあ、そうだが」

と、桑江は呆気《あっけ》に取られた顔でうなずいた。

「花とは意外だったな……」

と、夏木は小さくつぶやいた。大の男が気持ちを危うくするほどの悩みが、庭に咲く花であったとは。

明日も会おうと約束させて桑江と別れた夏木は、自分の屋敷に出入りしている植木屋が箱崎《はこざき》にいることを思い出した。

帰り道の途中なので、そこを訪ねることにする。

植木屋はとくに看板を出しているわけでもない。こちらからお得意さまを回って歩くので別段、看板は必要ないのだろう。

びっしりと植木が植わったそう大きくもない庭で、見覚えのある○に梅の字を書いたはんてんを着た男が、木を掘り起こしているところだった。

「おう、梅吉《うめきち》」

と、夏木が庭先から呼んだ。

振り向くと、梅吉はあわてて寄ってきた。

「これはこれは、夏木さま。わざわざどうなさいました。呼びつけていただけば、すぐにうかがいましたのに」

「いいんだ、そんなことは」

ここのほかにも、植木を育てる庭が砂村《すなむら》あたりにあるらしい。それでも、家の前や小さな庭には、あふれんばかりに植木が植わり、盆栽が並べられている。

この梅吉のおやじの梅蔵《うめぞう》が、ちょうど夏木の家の庭木を剪定《せんてい》しているとき、木から落ちて亡くなった。そのこともあり、梅吉は夏木と会うとやたらと恐縮する。

「お前に訊きたいことがあって寄り道をしたのさ」

「なんでしょうか？　答えられるといいのですが」

「不吉な花というのがあると聞いたのだが、本当にあるのか？」

「不吉な花……」

「そうだ」

「それはあります」

「あるのか？」

「不吉な花や縁起の悪い花なんてのは山ほどあります。気にしすぎたら、庭なんざつくれなくなっちまうほどです。だから、あっしは気にしないことにしています」

「なんだ、いっぱいあるのか」

夏木は拍子抜けした。

「有名なところでは椿は縁起が悪いっていいますでしょう」

「ああ、そうだな」

と、夏木はうなずいた。花がしおれないうちに、ぽたりと落ちる。首が落ちるみたいで、武家ではあまり植えることをしない。

だが、夏木は気にせず植えている。

「実のなる木は縁起がよくないとか、門のところにバラを植えては駄目だとかいうのもあります。夏木さまが気になっている花は？」

「それがわからぬのさ」

「ああ。わからないのですか」

と、梅吉はがっかりした。

「だが、夏に咲く花らしい。どんなものがある？」

「そりゃあいっぱいありますよ。朝顔、夕顔、菖蒲《しょうぶ》、あやめ、杜若《かきつばた》、牡丹《ぼたん》、撫子《なでしこ》、向日葵《ひまわり》、百合《ゆり》……」

と、梅吉は指折り数えていく。

「もう、よい。梅吉。そうか、そんなにあるのか。そのうち、縁起が悪いと言われているのはなんだ？」

「さあ、どうでしょう？　夏木さま。縁起なんてえのは、家や人によってさまざまです。しかも、房州《ぼうしゅう》で縁起の悪いものが、江戸ではいいなんてこともざらにあります。あまり気にしないほうがよろしいのでは？」

「わしは気にせぬさ。わしの知り合いの話でな。そうか、山ほどあるのか。探してやるだなんて言うのではなかったかな」

夏木は、安請け合いを後悔しはじめていた。

三

あいだ一日あけて、夏木は桑江を海の牙に誘った。昨日は、ついお浜御殿に行ってしまったらしい。

だが、それを責めてはいけない気がした。

「ここだ、ここだ」

夏木が先に入れと顎《あご》をしゃくると、桑江は汚いのれんには触りたくないというように、腰を大きくかがめて下をくぐった。これが自分の役所なら、たちどころに洗っておくようにと命じるだろう、そう思わせるようなしぐさだった。

「行きつけの飲み屋があるといいものだぞ」と、夏木は言った。

「気のおけない連中といっしょにいろいろ話をすれば、鬱屈《うっくつ》も溶けていくし、学ぶことだって多いぞ」

「学ぶことねえ」

と、桑江はそちらは疑わしいというような顔をした。だが、夏木はちゃんとここでさまざまなことを学んだ。いま、奥からこっちに挨拶《あいさつ》をしたあるじの安治からは、

「人はしばしば、好きなものから酷《むご》い仕打ちを受けたりする」という人生の教訓を教わった。

窓際の席に腰を下ろした。

「そうか。夏木はこういうところで飲んでいるのか」

と、桑江は店の中を見まわして言った。

「このところ、回数は減ったが、それでも三日に一度は来てるかな。だが、飲むのはお銚子《ちょうし》一本と決めている」

「町人の客が多いな」

「深川だからな」

「そうなのか」

安治が酒を持ってきた。〈竹林《ちくりん》〉という越後《えちご》の酒である。夏木たちがぜひ、これ

を置けと勧めて置かせた酒だった。

これを桑江の盃《さかずき》に注ぎながら、

「いける口だったよな」

と、訊《き》いた。

「うむ。酒はもともと嫌いではなかった。だが、仕事に差し障りがあるとまずいので、我慢してきたのだ。これから、もうすこし飲もうとは思っている」

「うむ。溺《おぼ》れない程度にな」

とは言ったが、人のことは言えないと夏木は思った。なにせ、倒れたのは酒の飲みすぎにも原因があるらしい。

「肴《さかな》がうまいな」

「そうだろう」

と、夏木は自分がつくったように自慢げに言った。

二皿並んでいる。夏木向けのするめいかの刺身と、カレイが骨まで食えるようになったから揚げである。

桑江は食うのも飲むのも早く、たちまちお銚子三本を空にし、もう一本頼んだ。

「おい、もうすこしゆるゆる飲め」

「そうだな」

と、桑江は苦笑し、いったん箸《はし》を置いた。

隣りの席で、

「おい、逃げるのか」

という女の声がした。

「だって、姐《ねえ》さんとつきあったらきりがねえもの」

「なんだよ、弱虫」

どうやら、いっしょに飲んでいた片方が、先に帰るというので文句を言ったところらしい。

何度か見たことがある女である。近ごろここの常連になったのだ。歳は三十前後くらいだろう。ちょっと受け口だが、造作も身体もこぢんまりして、なかなか愛くるしい。

江戸の女には酒飲みがめずらしくないが、こんなふうに外で飲むのは素人《しろうと》ではない。だが、岡場所の女でもなさそうである。

夏木は目が合ってしまい、

「よかったら、こっちに来るか」

と、言ってしまった。

「おや、嬉《うれ》しい」

女はすぐに桑江の隣りに座った。桑江は嫌がらない。

たちまち二人で、銚子を二本空けた。

「飲み屋をやってるんですよ。自分のとこで飲んだってしょうがないから、こうやって肴のうまい店で飲むのが楽しみってわけで」

「店はなんというのかな？」

と、桑江が訊いた。そんなふうに他人に興味を持つのはいいことである。たとえこの先、痛い目に遭っても、何もない人生よりはずっとましではないか。いろいろあってこその人生で、人はまるで他人の人生を押さえつけるように、平穏無事を言いすぎる。

「百合《ゆり》っていいます。あたしの名なんですが、百合って顔じゃないなんていうお客さんもいますよ。あたしは百合も百合、姫百合なのにね」

と、酔っ払った百合は、しおれたように桑江の肩に頭を乗せた。

「あ」

と、桑江が大きな声をあげ、夏木を見た。

「どうした？」

「思い出した。姫百合だ」

桑江が急にしらふになったので、隣りの百合はつまらなそうにカレイの骨を食べはじめた。

「庭の花か？」

「そうだ。黄色い姫百合だ」

「黄色の姫百合の何が悪い？」

「黄色い姫百合を植えると、あるじを失うのだ」

「浜御殿のあるじというと……」

もちろん奉行などではない。征夷大将軍《せいいたいしょうぐん》である。こんなところで大きな声では言えやしない。

「そいつは大変だな」

と、夏木は声を低めた。

「ああ。なんとしても植えた場所を思い出さなければ」

と、桑江は焦りがにじみ出た顔になった。

「花がわかったなら、抜けばいいだろうよ」と、夏木が言った。

「だが、姫百合は方々にあるのだ。黄色いかどうかは、咲いてみないとわからないし、あの広大な庭の百合をすべて抜くなんてことはできっこない。弱った」

「それなら、庭師あたりに言っておけばいい。黄色い姫百合のつぼみが出たらつんでくれとでも」

「そうか、それしかないか」

と、腕組みして考えているうち、

「あ」

また、何か思い出したような顔をした。津波の第二波に襲われたような顔である。

「今度はどうした？」

「いや、いい」

「いいってことはないだろう」

「どうせ、迷信だ。迷信に決まっている」

そう言って急に元気がなくなった。

——やはり、この男は何かおかしい。

夏木はそう思いながら、安治に頼んで駕籠《かご》を拾ってもらい、桑江を屋敷まで連れて行くよう頼んだ。

藤村慎三郎は、今日は遅くなってから浅草界隈《かいわい》に出てきた。

夜の浅草をそぞろ歩いた。

こんなふうに時刻を変えて眺めてみると、意外なものが見えてきたりするのだ。それは同心時代にもたまにやっていたことだった。悪事がおこなわれた現場。そこを、朝早くとか夜遅くにもう一度、眺めてみたりした。表面からはわからない、そのあたりの人の暮らしが見えたりしたものだった。

猿若町《さるわかちょう》をゆっくり進む。ここは芝居小屋が並ぶ町である。

芝居は朝早く始まり、日暮れ前にはねる。だが、芝居がはねたあとも賑《にぎ》わっている。大勢の人がそぞろ歩き、屋台の店がたくさん出ている。さっきまで見た芝居の余韻を楽しんでいるのか。助六《すけろく》や揚巻《あげまき》になったつもりなのか。

こんなところの夜遊びはしたことがない。自分で言うのもなんだが、おいらは意外に真面目なほうだったのではないか。

満月である。芝居町にかかる満月は、鏡のようである。見つめるとすこし恥ずかしくなる。

通りを横に抜けた。待乳山聖天のわきから今戸橋《いまどばし》を渡り、今戸のほうに入った。

風が出てきた。大川の——いや、このあたりは隅田川と言うべきか、その川風だろう。

小さな寺がつづく一画に入った。

——ん？

この前も、ここらで何かを感じた。いまも同じ感じがしている。

藤村は目を凝らした。

この前とちがって、今日は満月だった。風も強い。だから、よく見えた。

視界の隅で何かがはたはたとひるがえっていた。粗末な寺の塀の中である。

薄汚れた手ぬぐいだった。それが、旗のように風になびいていた。

手ぬぐいは奇妙なぎざぎざ模様だった。

——鮫《さめ》の口だ。

それは、鮫蔵が特別につくらせた意匠だった。赤い地に、白い歯型が両側から迫っているという単純な模様である。だが、ほかにこんな模様は見たことがない。

——見つけたぞ。

嬉しくて叫びたくなった。

寺の門を叩《たた》いた。なかなか出てこない。

聞こえないのかと、今度は刀の柄《つか》のところで叩いた。強く叩くと壊れそうなくらい、粗末な門である。

足音はなかったのに、

「はい」

と、門の向こうでいきなりかわいい声がした。一瞬、女かと思った。

「和尚さまは檀家《だんか》の通夜に出ていて、留守なのですが」

小坊主らしい。

「和尚でなくていい。ちっと訊《き》きてえことがあるんだ」

「いま、開けます」

提灯《ちょうちん》を手にした十二、三くらいの小坊主が顔を見せた。頰の赤いリスのような顔をしている。

「塀の外から見えた手ぬぐいなのだがな」

「あ」

と、顔を輝かせて、

「わたしがやったんです。気にとめてくれる人がいるかもしれないと思って」

小坊主は一息にそう言った。

「そいつはお手柄だったぜ」

つるつるに剃《そ》った頭を撫《な》でてあげたい。

「お知り合いですか」

「鮫蔵という者の手ぬぐいだと思うのさ」

「鮫蔵さんとおっしゃるのですか」

「ここにいるのかい？」

「はい。でも……」

と、複雑な顔をした。

「どうしたい？」

小坊主は藤村の刀をじっと見て、

「誰かに刺されたんです」

と、言った。

もしかしたら、刺したのはこの人かもしれないと疑っているのか。うかつに通さないところは、なかなか賢い小坊主である。

「いつくらい？」と、藤村が訊いた。

「ひと月近く前の、雨のひどい朝でした。その塀のところに倒れていたのです。わたしと和尚さまと二人で、どうにか運び入れました。たぶん、駄目かと思いました。血がいっぱい流れて、和尚さまはお経をあげたくらいです。でも、夜、確かめると、かすかに息をしていたので驚きました」

「やられたのは腹かい？」

「ええ。和尚さまが見たところでは急所ははずれていたそうです。いま、傷はほとんどふさがっています。ずいぶん流れ出た血もすこしずつ回復しつつあるみたいです。丈夫な人です」

「ああ。牛だって、あいつより丈夫なのは滅多にいねえくらいだよ」

と、藤村は言った。小坊主は笑わない。

「ただ、あの人は心の傷も大きかったのではないでしょうか？」

「心の傷？」

それなら大丈夫である。

「そっちはどれだけ傷ついても大丈夫さ。あいつなら自分で縫うだろうさ」

藤村がそう言うと、小坊主はがっかりした顔になった。

「もしかしたら、ちがう人かもしれませんよ。いま、ここにいるお人は、そんな人ではありませんから」

「とにかく会わせてもらえねえかい」

「ううん。和尚さまがおられないので」

と、また刀を見た。

「じゃあ、刀はここに置くよ。何も持っていかねえ。それでどうだい」

本当に刀をはずし、門の裏に立てかけた。

小坊主は安心したような顔になり、

「わかりました。では、こちらにどうぞ」

と、先に立って歩きだした。

境内の隅の小さな小屋の前で立ち止まった。朽ちた卒塔婆《そとうば》でも入れておくような、粗末な小屋だった。

戸は開け放たれていて、藁《わら》の中に男が一人、膝《ひざ》を抱いて座っていた。

小坊主の提灯が男の顔を照らした。

「このお方ですよ?」

うつむいていた男が顔を上げた。憔悴《しょうすい》してはいるが、まちがいなかった。深川の鮫と怖れられた岡っ引きだった。この男が姿を見せると、善良な者も悪党も、いちように眉《まゆ》をひそめて遠ざかる、深川きっての嫌われ者だった。

「無事だったのか、鮫蔵」

と、藤村は呼びかけた。

「え」

「おいらだよ。藤村慎三郎だよ」

ぼんやりした目つきで藤村を見て、またうつむいてしまった。

悲しげな顔だった。泣きだしそうでもあった。仔猫《こねこ》を失った母猫の顔だった。そんな鮫の表情は見たことがなかった。

藤村は思わず言った。

「おめえ、ほんとに鮫蔵か……？」

四

夏木権之助は、これまでのことをお浜御殿まで矢野長右衛門に報《しら》せに行くことにした。

歩きながら、昨夜《ゆうべ》の騒ぎを思い出した。

鮫蔵が見つかったのである。

すぐに初秋亭に集まり、三人に藤村の倅《せがれ》の康四郎、鮫蔵の手下の長助を加え、五人でこれからどうすべきか話し合った。

「いまから迎えを出しましょう」

と、子分の長助が言うと、藤村が止めた。鮫蔵は刺されたのである。刺したやつがいる。そいつは殺したと思っているかもしれない。だとしたら、そう思わせておいたほうがいい。

そのためには、騒ぎ立てることは厳禁だというのだ。

たしかにそうだろう。

とりあえず、今日から藤村が向こうの寺に泊まりこむことになった。ようすを見て、どこかに移す準備を始めなければならない。

もちろん、夏木と仁左衛門も藤村を助けるつもりである。

そのためには、初秋亭への依頼はできるだけ夏木と仁左衛門のほうで片づけることになった。そのぶん、藤村は鮫蔵のことに力をそそぐことができる。

この、お浜御殿のことも早く片づけてしまいたい。だが、まだわからないことはあった。

「夏木どの。いかがです？」

顔を見せた夏木に、矢野が茶を勧めながら訊《き》いた。

「おう、だいぶいろいろわかったのでな」

と、姫百合の花のことと、不吉な言い伝えについて語った。

「黄色い姫百合は、あるじを失う……そんな言い伝えがあったのですか」

「いや、わしは聞いたことがない。念のため、うちに出入りしている植木屋にも問い合わせたみた。その者も聞いたことがないらしい」

「だが、そういう言い伝えがすこしでもあるなら、うっちゃってはおけませぬな」

と、矢野も困った顔をした。

「桑江は？」と、夏木は訊いた。

「今日はお見えにはなっておりませぬな」

「ほう」

そのほうはなんとかうまくいくかもしれない。

「おや？」

と、外に目をやった矢野がふと、目を凝らした。

「おい、あれは又吉《またきち》ではないか」

と、近くにいた部下に訊いた。

「ええ。しばらく身体をこわして療養していたのですが、ずいぶん調子がよくなったそうです」

「ほう。又吉ならこの庭のことはなんでも知っている。夏木さん。ちっとあの男に姫百合のことを訊いてみましょう」

と、その庭師を呼んできた。

又吉はもう七十はゆうに超えているだろう。だが、矍鑠《かくしゃく》として、療養していたようには見えない。矢野が訊くと、一時は足がやたらと病んで、歩けないほどだったが、薬草を煎《せん》じて飲みつづけるうちに徐々に痛みが去ってきたのだという。

その又吉に、桑江と黄色い姫百合の話をすると、

「ああ。その話はちっと……」

と、暗い表情になった。

「どうした、又吉？」

「いや、忘れてしまいました」

明らかに嘘である。

矢野は夏木の顔を見て、小さくうなずいてから、

「これは、罪や責任を問うとかいう話ではないのだぞ」

と、言った。

「それでも、桑江さまに申し訳ねえですから」

「桑江が困っているのだ」

「桑江さまが？」

「そうよ。だいいち、わしは桑江さまにお世話になった口だぞ。あの人に都合の悪いことをするはずはあるまい。何か、しくじりがあったなら、わからないように処理してやろうというのだ」

「でも、あっしだって、すべてを知っているわけでは」

「知っていることだけでよい」

と、矢野は厳しい口調で言った。

観念したように、又吉は語りだした。

「桑江さまにお奉行の声がかかりそうなころ、もうお一人、候補と言われた方がおられたのです」

「ああ、おそらく、あの方だな」

と、矢野はわかったらしい。

「もう一人の候補というお方は、あっしらにも威張り散らすような人柄で、出入りの職人や庭師たちはみな、桑江さまがお奉行になってくださるといいと思っていたくらいです」

「そうだろうな」

「そのころでした。向こうの海側の築山《つきやま》の斜面は色合いが乏しくて寂しいという話が出たとき、そのもう一人の候補の方が、『姫百合でも植えるか』と言いだしたのです。なんでも、箱根《はこね》あたりを旅したとき、一面に咲いた姫百合の美しさに驚嘆したのだそうです」

「それで植えたのか」

「それから、しばらくしてからです。当時のお奉行さまから『黄色い姫百合というのは、縁起が悪いというのは本当か』と訊かれました。あっしは、『さあ』と答えました。だって、そんなことは聞いたことがなかったですから。すると、『なんでも、あるじを失うというらしいぞ』と、おっしゃいました。あっしが知っているのはそれだけです……」

それで、又吉の話は終わった。

「え、それだけか」

と、矢野は呆《あき》れた。「それだけではなんのことかわからぬぞ」

だが、夏木は大きくうなずいて、

「なるほどな」

と、言った。

「夏木どの。いまの話だけでおわかりなのですか」

「ああ、すべてわかったよ」

そう言って、人払いをさせ、夏木は推測を口にした。

「身も蓋《ふた》もない言い方をするとな、桑江は同僚を陥れたんだよ」

「なんと」

「黄色い姫百合には、あるじを失うという言い伝えがある。それを承知で、あの人は庭に植えた。ちと、粗忽《そこつ》が過ぎるのではと、当時の奉行に密告したわけさ。むろん、そんな言い伝えなどない。桑江がつくったでたらめだ。だが、それで奉行の地位は桑江に転がり込んだ……」

「なるほど。そういうことでしたか」

「その黄色い姫百合は当然、刈り取ったはずさ」

「そんなことがあったような気もします」

「だが、去年あたりから何かの加減で咲きだしたのではないか。花というのは気まぐれなところがあるらしいからな。それが気になったのではないか」

「でも、桑江さまが気になったということは、あるじを失うという言い伝えはまったくのでたらめではなかったからでは？」

と、矢野は桑江をかばった。

「いや、あの男は思い出したのさ。自分がつくった嘘の迷信だとな。話していて、急に元気がなくなったのだが、それはきっとすべてを思い出したからだ」

「ううむ」

矢野は複雑な顔をした。とまどいと、同情が入り混じっているかもしれない。

「もう、桑江は来ないよ。黄色い姫百合なんぞ、いくら咲いたってきれいなだけなんだからな」

そう言いながら、夏木はかつて自分も味わった宮仕えのせつなさを思い出していた。

それから五日ほどして──。

意外なところから、お浜御殿の黄色い姫百合の話が入ってきた。

それを伝えたのは、海の牙の安治だった。

「漁からもどる途中、倅《せがれ》が見たんだそうだよ。お浜御殿の築山が、まっ黄色に染まって、そのきれいなことといったら、まるで夢のようだそうです。明日あたり、見に行きませんか」

いっしょにその話を聞いた仁左衛門は、

「へえ。噂の黄色い姫百合だ。見てみたいね、夏木さま」

と、興味を示した。仁左衛門には、今度のなりゆきについて、すべて話してある。

「ううむ。どうしようか」

「海側から花を見るなんて、滅多にないよ」

「そうか」

結局、漁師をしている安治の倅の船に乗せてもらうことになった。

翌日、朝早く――。

安治の倅が海上から指をさした。

「あそこです」

「ほお」

思わず声が出た。

築山全体が、鮮やかな黄色に染まっていた。たしかに、こんな色合いは見たことがない。

本当にきれいだった。

「あんなきれいなもので、よくくだらねえ迷信なんか考えついたもんだね」

と、仁左衛門が呆れたように言った。

「まあ、そう言うな」

夏木は桑江をかばった。

――その手のことは誰にもあるのではないか。

と、夏木は思った。自分は嫌なやつだったと突きつけられるような記憶。

だが、そうやって得た地位もしょせんは虚《むな》しく思えるときがやって来るのだ。

――人は、悪もなしてきたから、善もなしてお返しする。

夏木はふと、そんなことを思った。桑江がしたことは、悪などとは言えないちっぽけなことかもしれない。それでも、嘘をつき、同僚を陥れたことに変わりはない。

裏表のない善良な者なら、そんなことはしなくていいかもしれない。悠々と晩年を送ればいいだけなのかもしれない。

だが、そんなやつがこの世の中にどれほどいるだろうか。

鮫蔵は夜中にそっと引き取ることになった。

藤村が再度の襲撃を心配しているようなので、夏木は、

「わしのところで預かるか？」

と、言った。たしかに三千五百石の旗本の家に押し入る曲者《くせもの》はいないだろう。

「いや、それじゃあ鮫も恐縮しておちおち眠れねえさ。野郎の家でいい。長助もいることだし」

長助だけではなく、そこでは妻妾《さいしょう》入り交じって、女たちに守られるはずだった。深川の鮫は男にはとことん嫌われるくせに、なぜか女にはもてるのだ。

歩くのはまだ無理である。長く座るのも苦しそうだというので、荷車に横たわらせて運ぶことにした。

長助と、もう一人、前に鮫蔵のところにいた若い岡っ引きが荷車を引くことになった。さらに念のため、康四郎と藤村――こちらは自ら買って出ただけだが、護衛につくことにした。

「お世話になりました」

と、藤村が鮫蔵のかわりに和尚と小坊主に頭を下げた。

「とんでもない。このお方は、ご自分の力と、御仏《みほとけ》のお力で回復したのです。わた

しなどができたことなど、たかが知れております」

　と、和尚は柔和な顔で言った。

「町方の人だったんだ……」

　小坊主はずいぶん意外だったらしい。

「とんでもなく怖い親分なんだぜ」と、藤村は言った。

「そうなんですか」

「でもな、たとえばあんたみてえなちっちぇえ子が危難に遭うようなことがあったらさ、こいつは牙《きば》を剝《む》き出して、悪党にかかっていくようなやつなのさ」

「へえ」

　と、小坊主は本当に嬉《うれ》しそうに笑った。

　遺体を装うことにした。それなら、同心の康四郎が付き添ってもなんの不思議もない。

　もっとも、莚《むしろ》をめくって横になっている鮫蔵を見れば、誰だって遺体かと思うことだろう。なにせいまの鮫蔵には生気のかけらもない。うつろな目をして、空に見入っているだけである。

　いちばん緊張したのは、鮫蔵の家に運び込むときだった。

――見張られているかもしれない。

充分にあたりをうかがってから、そっと運び込んだ。

鮫蔵は奥の部屋に静かに横になった。海底に落ちた鮫だった。

「親分。誰にやられたんだよ？」

と、長助が絞り出すような声で訊《き》いた。

「…………」

「げむげむだろ」

「…………」

「連中の教祖ってのはどこにいるんだよ？」

「もう、やめておけ。長助」

と、藤村が止めた。

「でも、親分をこんなにした野郎をとっつかまえて……」

「それはもうすこし待ってからに」

やつらは絶対に、鮫蔵が生きていることを知らない。今度こそ、げむげむの息の根を止めてやる。いまは、鮫蔵を回復させてやるのが先なのだ。

ふと、鮫が海底で何か言った。

「え、なんだって？」

藤村は耳を近づけた。

深川の鮫はかすかな声で、

「もう死にてえんだ……」

と、言った。

第四話　水辺の眼

一

開け放した戸の向こうは、夏の昼下がり——。

雲が多く、陽射しもそうきつくはない。秋の訪れにはまだまだだが、今日一日くらいはしのぎやすそうである。

ここは深川の中島町で、長屋の前は油堀西横川と呼ばれる運河になっている。

七福仁左衛門はこの長屋で留守番をしていた。

水面は見えないが堀の手前に柳の木が植わっていて、その根元で猫が説教でも聞かされている途中の、うつらうつらといった感じで昼寝をしている。それを見ているうちに、仁左衛門も眠くなってきた。

昨夜はずいぶん遅くなってから家にもどった。夏木といっしょに鮫蔵を見舞ったからである。三人いっしょだと目立つので、藤村は一足先に入っていた。

鮫蔵のあまりの変わりように愕然《がくぜん》とした。ずいぶん血が流れ出てしまったそうだが、それといっしょに生気まですっかり抜けたらしい。以前の勢いや迫力はかけらも見当たらないのだ。陰鬱《いんうつ》な顔で、うつむいているだけだった。

心にも傷を負ったらしい、という。しかも、夢うつつの言葉を合わせると、若いときのこともからんでいるらしい。

――あの鮫蔵が負う心の傷というのは、どんなものなのか。

帰り道で夏木と長い立ち話をした。

あれはやはり、寿庵先生に診てもらったほうがいい。心の傷もあるかもしれないが、なにか毒とか膿《うみ》のようなものが頭にまわってしまったのではないか。

という仁左衛門の意見に夏木も賛成し、二人で伊沢町《いざわちょう》の裏長屋に寿庵を訪ねた。

ところが、寿庵は留守だった。

隣家の者に訊くと、寿庵は最近、ひどく忙しくて、帰って来ない日も多いらしい。

だが、近々、夏木の屋敷に来ることになっているので、そのときに話してみるということになったのだった。

「ふぁーっ」

と、大きなあくびをした。

何か読むものであればいいのだが、ここの住人のおみのという女は、本などは読まないらしい。

歳のころは、二十七、八。料亭の仲居をしている。

なかなかの美人であるが、だからこの仕事を引き受けたわけではない。夏木が一人でいるときに引き受けた仕事なのだ。

だが、それに猫探しの仕事が重なってしまった。猫探しは仁左衛門より夏木のほうがはるかにうまい。そこで代わることになった。

それにしても、

——夏木さまはたいしたものだ。

と、思う。三千五百石の旗本が、あんなふうに町人の依頼に応じて猫探しをするなどというのは、なかなかできることではない。心の小さな人なら、「三千五百石の旗本をなんと心得る、無礼者!」てなものだろう。

隠居した黒田《くろだ》如水《じょすい》が城下のガキどもと分けへだてなく遊び、慕われたという話を聞いたことがあるが、さしずめ夏木さまなどは、今如水かね。

——いや、やっぱりそれは褒めすぎだな……。

日中、墓参りに出かけるあいだの留守番である。隣り近所に声をかけていけば、留守番なんていらなそうだが、大事な客が来るかもしれないという。来たら、そこにある小箱を渡してもらいたい……そんな依頼だった。

と、そこへ――。

外から大きなだみ声が聞こえてきた。

「初秋亭の仁左衛門さんはいますかい？」

誰もいなくなるので、戸にここにいると貼り紙をしてきた。それを見てやって来たらしい。

「おう、こっちだ。いるよ」

「ああ、どうも」

と、顔を出したのは、寿司《すし》屋の三八《さんぱち》だった。

「どうかしたのかい？」

「気に入らねえんだよ」

と、三八は憤慨している。

三八は歳は五十くらい。三八寿司のおやじである。魚が大好きで、家は大工なのに、寿司屋になった。深川にはうまい寿司屋が多いが、少なくともこの界隈《かいわい》では三八のところがいちばんうまい。

ただ、いつも気に入らないことばかりみたいで、この前なんぞは空にも魚がいないのは気に入らないとのたまっていた。

「今日は、何が気に入らないんだい？」

「嫌な野郎がいるんだよ」

「どう嫌なのか言わないとわからないよ」

と、仁左衛門は苦笑して言った。

「餌をつけずにずっと釣りをしている野郎がいるんだよ」

「餌をつけない？」

「いや、餌どころじゃねえ。針もつけねえんだ」

「それじゃあ釣れないだろう」

「釣れるわけがねえ。釣る気がねえなら、どこかの水たまりでやればいい。これまであっしがいつも釣っていた場所に来て、それをやるんだ。そこはあっしが見つけた場所で、よく釣れるんだ。釣り仲間もあそこはおいらの席だと遠慮していたくらいなんだぜ」

と、三八は口をかわはぎのように尖《とが》らせて言った。

「太公望《たいこうぼう》の真似なんだろ？」

と、仁左衛門は言った。

周《しゅう》の文王《ぶんおう》が、太公望と知り合ったとき、渭水《いすい》のほとりで釣りをしていた。このとき、文王に注目されるため、釣り針もつけず、しかも糸は水面よりも三寸（約九センチ）ほど上あたりまでしかなかったという。

この逸話は江戸っ子の多くが知っていて、

釣れますかなどと文王そばに寄り

という川柳はとくに有名だった。

「真似ならあっしもかまわねえよ。太公望だろうが、孫悟空《そんごくう》だろうがやってもらいてえ。だが、そういう遊び心は感じられねえんだな。まじなんだよ。なんか必死で糸の先を見つめてるんだ。釣れっこねえ糸の先をだぜ。あの雰囲気が嫌だよ」

「じゃあ、やっぱりあっちなんだろ。おかしくなっちまったんだ。狐でもついて」

「それが、そういう感じでもねえんだ」

「ふうむ」

「気になって仕方がねえ」

「訊《き》けばいいじゃねえか」と、仁左衛門は言った。

「それが訊きにくい感じがするんだ。頬かむりなんかして、身体も大きい。うるせえで終わりそうなんだよ。あっしは、寿司屋の中だと気が強くなって、偉そうにしてるけど、寿司屋をしてないときは、けっこうな小心者なんだよ」

なるほど、そういうところもあるのかもしれない。

「場所はどこなんだい？」

「黒船稲荷《くろふねいなり》から大島川《おおしまがわ》をすこし行った、蜂須賀《はちすか》さまの下屋敷の先なんだよ」

大島川からは木場《きば》へも近いが、直角に曲がるところが何ヶ所かあって、荷船の通行はそれほど多くない。

そのため、あの周辺ではよく釣り人の姿を見かける。

三八もここで釣った魚を店でも出したりするらしい。

「まあ、別段、針と餌をつけずに釣りをやったからって、お上に訴える理由にもならねえしな」

と、仁左衛門は空になった茶碗《ちゃわん》を眺めながら退屈そうに言った。

「そりゃあ、そうだ。だから、なおさら気に入らねえ。なんか悪事がからんでいる気がするんだ」

「悪事ときたかい」

仁左衛門にはとてもそうは思えない。釣り場を取られた腹いせがだいぶ混じっているのではないか。

「礼はするからさ。初秋亭の旦那《だんな》方にうちのうまい寿司を腹一杯ごちそうする。どうも気になって仕方がねえんだ。訊いてみてくんねえかね。できれば追い払ってもらいたいところなんだがね」

そこへ、別の客がひょいと顔を出した。すると三八は、

「ここの人はいねえよ。帰んな」

と、手をふらふらさせて追い払うようにした。

客は一瞬、目を瞠《みは》るようにしたが、

「はあ」

と、おとなしく帰ってしまった。

「おい。勝手に追い返すなよ」

この調子で、気に入らない客も追い返したりする。三八寿司はうまいことはうまいが、態度がでかすぎるという声もある。

仁左衛門は客にそんな態度は絶対に見せない。そこらへんが、商人と職人のちが

いなのだろうか。

「あ、いま、追い払ったのは……」

小箱を渡さなければならない相手ではないか。

仁左衛門は、あわてて飛び出した。

「もし、ちょっと……」

追いついて、預かっていた小箱を渡した。

「ああ、どうも」

と、すぐに小箱を開け、中から折った紙を取り出した。

ちょっと気が弱そうな二枚目である。

「ありがとうございます。これを渡すのにわざわざ留守番をしてくださったんで？」

「そういうことになるかな」

「それは申し訳ありませんでした。まあ、誰かに持っていかれたりしたら、それはそれで困るんですが」

「なんなんだい？」

と、仁左衛門は紙を指差して訊いた。

「え。まあ、言うなれば恋文のようなもので」

「ああ、恋文かい」

それをまちがいなく相手に渡すためだけの留守番らしかった。

藤村慎三郎は、向こうから日傘が似合う女がやって来るのを目にとめた。

永代橋のちょうど真ん中あたりである。

上背があって、歩く姿がすっきりしている。日傘で顔が隠れているが、こういうのは美人にちがいないとのぞいたら——発句の師匠の入江《いりえ》かな女だった。

「こりゃどうも、師匠」

と、立ち止まって挨拶《あいさつ》をした。

かな女は、挨拶は返さず、藤村の頭を見て訊いた。

「髷《まげ》、どうかなさいました？」

落とされた髷はまだ伸びきっておらず、後ろからまっすぐ上に、棒のように突き出ている。もちろん、かなり変な頭である。遠慮して訊かない人がほとんどだが、いきなり訊くところがかな女らしい。

「ええ。斬られたんで。娘っ子に」

「悪さをして？」

と、なじるように言った。

「とんでもねえ」

このところ藤村は句会も二度ほど欠席した。

忙しいのは事実だが、気後れもある。どうかすると、かな女の唇の感触がふぅっと通り過ぎる。

「近ごろ句はつくりました？」

と、かな女が訊いた。

「ああ。つくりました」

青簾《あおすだれ》通り過ぎるや猫の風

と、口で披露した。

「猫の風？」

「ええ。猫が通り過ぎると、小さな風がすっと吹くんですな。このところ、おいらたちの仕事に猫探しが増えていて、それで知ったことなんですがね」

「風は簾《すだれ》を吹き過ぎるのではないのですね」

「ああ、そうです。昼寝をしているあっしのわきをです」

と言いながら、やはり上の句を直さなければ駄目かと思った。

「次の句会にはぜひ」

と、かな女が行こうとするのに、

「じつは、師匠に訊《き》きたいことがあるんです」

と、引き止めた。

「なんでしょう」

かな女もそうは急いでいないのか、足を止めてくれた。

「げむげむをまだ拝んでるので？」

藤村の問いに、かな女は軽く眉《まゆ》をひそめた。秘密をあばかれたという不快感なのだろうか。

「なんというか……心と身体をきれいにするんです。すると法悦ともいえるくらいいい気持ちになるんです。それがげむげむに触れることなんです」

と、かな女はゆっくりと言った。

「げむげむというのは、神なのかい、仏なのかい？」

それがまるでわからない。だから鮫蔵も、あとを追うのに苦心していた。

「どちらでもありませんよ。げむげむですもの」

と、かな女は笑顔で言った。

「信じてるのかい？」

と、藤村ははっきり訊いた。すでに立派な信者なのだろうか。

かな女は背を橋の欄干にもたれさせ、のびをするように空を仰いだ。

どこか気取ったような、おかしなしぐさである。たとえば、必死で子育てをしているような女には、できない格好ではないだろうか。これはげむげむとは関係なく、かな女自身のものだろう。

「信じるとか、信じないとか、そういうことではないんです。藤村さまは、川を流れる水を信じますか？」

歌うような調子で訊いた。

「え？」

「木々にざわめく緑の葉っぱを信じますか？」

「何を言っているのか……？」

まるでわからない。

「それはあるものなんです。水や緑といっしょであるものですから、信じるも信じないもないじゃないですか」

「見えるのかい？」

「見えなくても感じるのですよ。声は目には見えませんでしょ。でも、ちゃんと聞こえますよね。げむげむは見えないし、聞こえもしないけど、感じるんです」

前よりも本気になっていた。

狂信とまではいかないが、かなり囚《とら》われている。

かな女のようななまじ頭の回る女が、おかしな神さまに囚われると、逆に面倒なのだ。

江戸ではしょっちゅう変な神さまが流行《はや》る。ちゃらちゃらした娘っ子がぱあっと飛びついて熱中したかと思うと、すぐに飽きてしまう。こっちは治りも早い。

だが、賢い女は信じるまでに、ためらったり迷ったりする。なかなか信じない。そのかわり信じると深い。まして、かな女は馬鹿な男と十年つきあったことがあるくらいである。いったん思い込むと、その思いが色褪《いろあ》せない性質なのだ。

「だが、教祖はいるんだろ」

と、藤村は訊いた。ここがいちばん知りたい。

「はい」

「どんなお方なんですかい？」

藤村は丁重な言葉で訊いた。教祖をおとしめたとか言われて、へそを曲げられたりしたら元も子もない。

「あたしのような中途半端な者の前にはお姿を見せませんよ」

そうなのだ。鮫蔵があれだけ追いかけても、教祖と出会うことはできなかった。よほど巧妙に姿を見せないようにしているのだ。変な信仰の集まりにはめずらしいが、それだけにげむげむというのは厄介なやつらなのだ。

「どういう人か、話くらいは聞くだろうよ」

「二代目だそうですよ。最初の教祖さまは、十七でげむげむになってしまわれました」

「要は死んだんだろ」

「藤村さま」

と、子どもをたしなめる口調で言った。

「師匠が三代目でも狙うのかい」

つい嫌味を言ってしまった。

「おやおや」

と、これも軽くかわされる。相手にもしてもらえないのか。

「最初の教祖さまは、二代目さまの娘だったと聞いたことがあります」

「おやじが娘の教えを継いだってかい」

不思議なこともあるものである。だが、その不思議さが、こうした信仰にはふさわしいのかもしれない。

「二代目さまは、初代の教祖さまの教えを基に、いっそう教えを深いものになさったそうです」

そう言ったかな女の鬢《びん》のほつれを川風がなぶっている。

げむげむが女のほつれ毛であったなら、藤村はすこし信じてみたいと思った。

二

翌日——。

仁左衛門と夏木は、三八が話していたところに行ってみた。

二人とも釣りはほとんどしない。

だいたいが、釣り糸を垂らしているうちに泳ぎたくなってしまうほうだから、釣りそのものにあまり興味がなかった。

大島川に黒船橋《くろふねばし》が架かっていて、渡るとたもとには黒船稲荷がある。その後ろは、阿波《あわ》の蜂須賀さまの広大な下屋敷である。

もうすこし行くと、近所の者が石島橋《いしじまばし》とか呼んでいる小さな橋がある。そこを渡ったところのはずである。

「いるか？」

「あ、夏木さま、あいつかな？」

座っているのでよくわからないが、背の高そうな男がいる。ほかに釣っている者は見当たらない。

二間（約三・六メートル）ほど離れたあたりに仁左衛門と夏木は腰を下ろし、

「ちっと寄らせてもらいますよ」

と、仁左衛門が声をかけた。

男はちらりとこっちを見て、軽くうなずいた。

手ぬぐいをかぶっている。陽射しを防ぐためなのか、顔を隠したいのかはわからない。横からだと顔がほとんど見えないが、ちゃんとこっちを見た。どうしても顔を隠したいというのではないらしい。

なるほど糸の先には何もついていない。太公望とちがって、いちおう糸を水に入れているが、糸に張りがないので先っぽに何もないことはわかった。

だが、わかったのはあらかじめ三八から聞いていたからで、知らなければまさか針や餌がついていないとは思わない。

さらに横目で観察する。

贋《にせ》の太公望は意外に若い。三十前後といったところか。

これが六十、七十なら、とぼけた光景として見えてもおかしくないが、若い者の奇行は異様である。

よくわからない男である。身体つきはがっちりしてるが、着物などはしゃれた細かい縞柄《しまがら》で、大店《おおだな》の手代ふうに見える。だが、大店の手代が昼の日中にこんなところで釣りなどできるだろうか。

話もせず、黙って釣り糸の先を見ている。

仁左衛門たちが来てから四半刻《しはんとき》（約三〇分）も経っただろうか、雨でも降りだしたみたいに急に慌ただしく帰り支度を始めた。もちろん、雨など降っていない。

帰り支度といっても、魚籠《びく》も釣り上げた魚もないから、竿《さお》を短く詰めて、棒のように持っただけである。

「あとをつけるかい?」

仁左衛門はやりたそうである。

「それほどのことではあるまい」

「あっしらが来たから帰ったというのでもなさそうだね」

「そうだな」

だが、あの慌ただしさには何か理由があるのだ。

仁左衛門は周囲を見まわした。

「あれ、夏木さま。変だね」

「何がだ?」

「ここは釣れるかもしれねえが、まともに陽が当たるよ。ちょっと左右によればほら、日蔭《ひかげ》に入れるのに」

夏木は左右を見て、

「なるほど」

と、うなずいた。

「釣る気もないのに、わざわざ陽射しのきついところにいるかね」

「うむ。どうもわからんな。こりゃあ、明日も来るか」

「あ、浮きが」

夏木のほうの浮きがひくひくいっている。

竿を上げると、茶色いまだらの模様が閃《ひらめ》いた。

「はぜだよ」

すぐに隣りの浮きも動いた。

「仁左。お前のほうも」

「おう、釣れた、釣れた。これもはぜだ。ほんとにここは釣れるんだね」

「天ぷらにして食うか」

「そうしようよ」

こんなにどんどん釣れるのだったら、釣りも面白いかもしれない。


「康四郎さま。次の非番の日はいつ？」

と、芸者の小助が手鏡と鏡台をつかって白粉《おしろい》を襟元に塗りつけながら訊《き》いた。今日も二人は、洲崎神社近くの出合い茶屋に来ていた。

「六日後だよ」

「ねえ、どこか連れてって」

「遠くにかい？」

「そう。うんと遠く」

「遠くはまずいよ」

町奉行所の同心はいざというときに駆り出される。勝手に遠出などできない。

「いまはしくじりたくないんだ。せっかく手柄を立てたんだからな」

「でも、その手柄は……」

「わかってるよ。小助のおかげだって」

幽霊駕籠《かご》は銀座の銀の横流しにからんでいた。世間の手前もあって、そう大げさにはできなかったが、それでも銀座の中で三人、外に五人もの一味をあぶり出し、つい先日、一網打尽にした。

銀を持ち出す秘密を見破ったのは、藤村康四郎であると、奉行直々に声をかけられた。若いのにやるな、とまで言われた。その言葉は、一日、十回ほど思い出している。ふっふっふ。若いのにやるな、か……。

父にその話をしたら、疑わしそうな目をじろりと向けただけだった。まったくあのおやじというのはへそ曲がりだと、つくづく思う。

小助は、さも自分のおかげのようなことを言うが、あんなのは単なる思いつきで、川に浮かべた笹舟のように流れ去ってしまうものなのだ。その笹舟の異様さに気がつき、さっと取り上げたのは、おいらの捕り物の才にちがいない。

しかも、この手柄で、近々、見習い同心から正式に同心を命じられるだろうと、与力から囁《ささや》かれていた。

——どこに配属されるのか。

康四郎は本所《ほんじょ》深川回りを期待している。

というのも、一人空きが出たからである。

そうすると、長助にも十手を与えてやれる。

——最悪、風烈回《ふうれつまわ》りでもいいか。

とも思っている。風烈回りというのは、風の強いときに市中を回って警戒するという役目である。大風が吹かないときは、そう忙しくはない。

内勤だけは勘弁してもらいたい。でも、内勤になるやつは、見習いも内勤になりがちだというから、そっちは大丈夫じゃないか？

あれこれ想像するうち、

「早く颯爽《さっそう》として深川を歩きたいよ」

と、声に出して言った。

「そのときはあたしなんかには目もくれなかったりするのよね」

と、小助はいきなり手をのばして、康四郎の腕をつねった。

「あ、痛たたた」

「憎らしいんだから」

「そんなわけねえだろ」

「あるわ」

小助はけだるそうに言った。

康四郎はぱっと起き直り、

「おい、小助。おいらといっしょになろう」

と、言った。じっさい、もう嫁をもらったっておかしくはない。母の加代があれこれ自分の弟子を物色しているのも知っている。

「嘘ばっかり」

「本気だぞ」

「そりゃあ、あたしだっていつかは好きな人のそばで、面倒見てあげたいよ」

と、小助は殊勝な顔で言った。

芸者を嫁にした奉行所の者もときおりいると聞いていた。もっとも世間をはばかって、いったんどこかの養女にしたりするが、そんなことはやがてばれてしまう。

遊び癖がついていて、家をむちゃくちゃにしてしまうのもいれば、下手な武家の娘よりはるかにしっかりしたのもいるという。要は人それぞれではないか。

小助は意外にしっかりしそうな気もする。

こづかいの額はきちんと決め、いざというときのための二分銀だけを巾着《きんちゃく》の底に縫いつけていたりする。そんな巾着を先輩から見せられたことがあるが、それはそれで楽しい。

「そうだな。家の者に話すより、まずは物わかりのいいおやじの友だちに相談したほうがいいかな」と、康四郎は言った。

「そんな人いるの？」

「ああ、いるんだ」

そう言って、康四郎は窓の外を見た。

――あの夏木さまなら、うまくおやじに言ってくれるのではないか。

おやじにないしょで、小助を夏木に会わせてみるつもりになっていた。

三

夏木と仁左衛門が大島川で釣りを始めて四日目になった。

そのあいだ、例の太公望はだいたい辰《たつ》の刻（午前八時ごろ）くらいに来て、半刻《はんとき》（約一時間）ほどいて帰っていく。四日のあいだ眺めたところでは、そういう日課のようである。

だが、それしかわからない。

雨の日も来てるのか知りたいが、雨の日がないのでわからない。

昨日は三八も見に来た。

「ほら、ちゃんと見張ってるだろ」

と、仁左衛門は小声で三八に言った。

贋《にせ》の太公望は、こっちのことなど気にもせず、じっと糸の先を眺めている。

「ええ。あいすみません。でも、七福堂の旦那《だんな》、おかしな野郎でしょ」

「まあな。何かはありそうだな」

「じゃあ、あっしは邪魔しねえように」

と、去ろうとするので、夏木が文句を言った。

「なんだ、三八、釣らぬのか」

「ええ。あの野郎の近くにいるとむかっ腹が立ってくるんで、もうちっと河口のほうで釣りますよ」

肩を怒らせながら、さっさといなくなってしまった。

三八は今日も河口近くの三蔵橋《みくらばし》付近で釣っているらしい。

ちゃんと針に餌をつければ、今日も釣果はすぐに出た。ハゼではなく、メバルが上がった。夏木の大好きな魚である。

魚籠《びく》におさめて、餌をつけ替えたとき、向こう岸から、

「あら、初秋亭の旦那方」

と、声がかかった。この前、留守番を頼まれたおみのである。

「おう、おみのちゃん」

仁左衛門が笑顔で手を振った。

「恋文すみませんでしたねえ」

あのとき恐縮していた男にたしなめられでもしたのか、照れたような顔で詫《わ》びた。

「あいよ」

と、仁左衛門も別段、怒っているわけではない。若い者同士の恋の手助けをしたと思うと、かえっていい気持ちがする。

おみのは富岡八幡宮《とみおかはちまんぐう》のほうへと歩いて行った。

「気づいたか、仁左」

夏木が声をひそめて言った。

「何をだい、夏木さま？」

「お前がいま、あの女と恋文がどうのと言ったとき、ぎょっとしたようにお前の顔を見たのだ」

「へえ。なんでだろう？」

と、仁左衛門も首をかしげた。

「恋文という言葉かな」

と、夏木は思い出して言った。

「そうだね。ほかにたいしたことは言ってないしね」

「うむ。あるいはあの女が知り合いだったか」

「でも、女は目もくれなかったよ」

「となると……」

夏木は腕組みをして考えこんだ。

やはり、何かの合図のようなものがあるのではないか。それも恋文みたいなもの。

だから、あいつはばれているのかと、ぎょっとしたのだ……。

それから四半刻ほどして——。

贋の太公望は、ふいにいそいそと立って行った。いままでの三日より、今日の足取りは断然、軽そうである。

「仁左。あれは、何かいいことがあったな」

と、夏木が贋の太公望を見送って言った。

「そんな感じだったね」

「ここで釣りをしてると、何がわかるのだろう？」

「何か変わったことはあったっけ？」

「さあ」

二人してあたりをつぶさに見る。

大島川を上下する船か。だが、いまは上りの船も下りの船も通っていない。

川を何か流れてきたか？

のぞきこむが、鼻緒が切れたわらじや、魚の死骸《しがい》が揺れているだけである。あんなものを見て、いそいそするとは思えない。

岸辺か？

何か変わったか？

黄色い姫百合でもぱっと咲いたか？

「あ」

と、仁左衛門が空を見上げた。

「どうした？」

「風がすこし変わった」

「ふうむ」

ここは海に近い。昼は海から陸に向かって涼しい風が入ってくる。

それに川風が入って、すこし流れが変わったらしい。

だが、風が変わったのが何かの合図になるとも思えない。

夏木は、蜂須賀家の下屋敷の隣りにある、旗本屋敷を見た。門構えからすると、
七、八百石ほどか。
誰の屋敷だったか。夏木も覚えはない。おそらく無役ではないか。

門のわきの小窓から、門番の顔が見えるが、とくに監視しているふうには見えな

い。

だが、さっきの贋の太公望は手ぬぐいをして、顔を見られないようにしていた。

――もし、顔を見られたくないとしたら、あの門番が相手なのか？

夏木はこの謎を解くのに、もう、あとすこしのところまで来ている気がした。


鮫蔵は夢を見ていた。

父が背後から追って来ていた。

田んぼの中の一本道である。

父を斬ったのは田植えを終えたばかりの田んぼだったはずだが、いまは一面に黄金色の稲の穂が実っていた。夜ではなく、夕焼けの空で、沈みつつあるお天道さまが三つばかり西の空に出ていた。

鮫蔵はもう四十年以上、追われていた。

逃げながら、鮫蔵は弁解していた。

「わたしは、この世にいらない男だったのだ。それを生まれさせたあなたがいけないのだ。生まれてはいけない子をつくったから、その子によって殺されたのだ」

もう、果てしなく繰り返してきた弁解だった。

弁解のための論拠も数えきれないほどあった。

だが、胸のうちでどんな弁解をしようが、最後にはこの言葉に突き当たった。

――殺すまではしなくてよかった。

ただ、逃げればよかったのではないか。

父は追いかけてきただろう。お前のためという呪縛《じゅばく》の言葉を口にしながら。それでも逃げるだけでよかった。殺すまではしなくてよかった。

殺してしまったから、いつまでも追いかけられる羽目になった。

それにしたって、しつこすぎる。

鮫蔵は居直った。振り返って叫んだ。

「いい加減にしやがれ」

すると、ふいに父の顔が地蔵の権助《ごんすけ》と入れ替わった。

「おめえ、死にてえみてえだな」

と、権助は鮫蔵の顔を見て言った。そんなことは口に出して言った覚えはなかったが、わかったらしかった。

「死なせてやってもかまわねえが、まずは死ぬ気で働いてみろ」

権助はそう言って、十手を顔の前でぷらぷらさせた。

その十手は銀めっきがほどこされ、よく磨きこまれていて、きらきらと日なたのつららのように輝いた。

「いいんですか。本当に働かせてもらえるんですか！」

鮫蔵は必死で叫んでいた。

藤村慎三郎は、そんな鮫蔵の苦悶《くもん》するようすを、枕元に座ってじっと見つめていた。

四

この日はまた、強い陽射しがぶり返した。

大島川のほとりもじりじりと炙《あぶ》られ、夏木も仁左衛門も絶え間なく汗を滴らせた。左右にある木陰はいかにも涼しげだが、そこに逃げ込めば今日も来ている贋《にせ》の太公望の秘密はあばけない。

唯一、ここは海に近く、背後から流れ込んでくる海風だけが救いだった。

夏木も餌をつけるのをやめていた。魚が食うのが気になって、男を凝視することがおろそかになってしまうのだ。

――もしかしたら……。

この男もそういう理由のために、糸の先に針も餌もつけていないのではないか。何かをじっと見るために。あるいは見逃さないために。

半刻《はんとき》ほど、針のない糸を垂らしていた男は、

「へっくしょん」

と、わざとらしいくしゃみをしたかと思うと、ふいに立ち上がった。それから急いで帰り支度をした。

背後の旗本屋敷のほうはちらとも見ず、黒船橋のほうへと立ち去っていく。

夏木は、いま見た光景を頭の中にゆっくり広げるようにした。

いままで見えていなかったものがそこにあった。

――あ。

それは、意外なところにあったのだ。

「わかったぞ、仁左」

「なんだい？」

「空だ。あいつは、水に映る空を見ていたんだ」

川面《かわも》はすぐ足もとにあり、波もほとんどなく、今日も青い空を映して輝いている。

「空って、何もないじゃないか、夏木さま」

「さっきはあったのだ。もう引っ込んでしまったが」

「あ。凧《たこ》かい。そういえば、さっき、揚がったような気がする」

背後の武家屋敷から凧が揚がったのだ。

これが合図なのにちがいない。

「昨日も出た。一昨日も出た。そんなもの関係があるわけないと思っていたからだろうな。見ていたのに気がつかなかったのだ」

「どんな凧だったい？」

「今日のは赤い凧だった。昨日や一昨日は白だった。それで、菱形《ひしがた》をしていて、一文字だけ〈茅〉と書いてあった」

「へえ、なるほど。それだけちがうと、いろんなことを合図してるんだろうな」

「おそらくな」

色とかたちと一字。たったそれだけの組み合わせでも、じつにさまざまな内容を伝達することができるのだ。

「そうか、凧だったか。それで、やっぱり恋文みたいなものなのかね」

「おそらくな。もうすこし見ていると、そこらへんもわかってくるかもしれぬぞ」

夏木と仁左衛門はもうすこしここにいてみることにした。ただし、今度は木の下の日陰に入りこみ、もっぱら旗本屋敷のほうをうかがった。

案の定、半刻ほどして――。

屋敷の門が開いて、娘が出てきた。娘には下働きらしい中年の女がいっしょである。

娘の表情は明るい。どこかいそいそした足取りで、河口のほうへと歩いていく。

「さっきの男と会うのかな？」と、仁左衛門が言った。

「おそらくな」

「今度こそ、つけてみるかい、夏木さま？」

「いや、やめておこう。これで、だいたいのところは見当がついたのだ。三八には適当なところまで話そう。あいつもおかしなことではないとわかりさえすれば、そう騒ぎはしないだろう」

夏木はさっぱりした気分で言った。

それから四、五日ほど経っている――。

七福仁左衛門は嫁のおちさを連れて、尾張町《おわりちょう》へと向かっていた。

ここは東海道《とうかいどう》につながる江戸いちばんの大通りである。

「たいしたものだな」

と、歩きながら仁左衛門は言った。

「夢のようです」

「おちさは偉い」

「そんな」

「いやあ。七福堂が何代もかけてできなかったことを、おちさがやった。これを偉いと言わずして、なんと言う」

七福堂の匂い袋が、尾張町にある油壺屋《あぶらつぼや》という土産物屋に置いてもらえることになったのである。家を出たときにおちさの発案でつくられたもので、それを藤村の女房の加代と、夏木の奥方の志乃《しの》が知恵を貸し、さらにいいものにしたのだった。

油壺屋というのはとにかく大きな土産物屋で、江戸に来て田舎に帰る人ならほとんどが立ち寄るという店である。しかも、ここに品物を置いてもらうということは、江戸土産としても一流だという証明になるくらいなのだ。

鯉右衛門はすでに何度か打ち合わせに行ったが、仁左衛門とおちさはまだだった。

油壺屋のあるじの仙右衛門《せんえもん》とは以前、会合でいっしょになったことがあるので、挨《あい》拶《さつ》がてらおちさといっしょに油壺屋を訪ねることにしたのである。

「油壺屋さんに卸すとなると、これからは相当、数をつくらなければならないが、大丈夫かい？」

と、仁左衛門はおちさに訊《き》いた。

「ええ。志乃さまと加代さまがそのあたりのことは考えてくださってますので」

おちさは前を見たまま言った。横顔が緊張している。

「ここだ、ここだ」

と、仁左衛門は足を止め、看板を指差した。

間口がこのあたりの店の三軒分はあり、しかも客でごった返している。土産にする人がほとんどなので、一度に買うのも一つ二つではなかったりする。

「まあ、こんなに大きな店でしたか」

と、おちさは目を丸くした。

「このところ、また大きくなったようだなあ」

あるじはまだ若かったはずである。二十四、五くらいだろう。よほどやり手なのかもしれない。

おとないを入れると、手代が出てきた。

「七福堂と申しますが、あるじの仙右衛門さんに……あれ？」

この手代は見たことがある。

「あ！」

と、思い出した。

「あれ？」

手代もわかったらしい。

なんと、針なしの釣りをしていた贋《にせ》の太公望ではないか。

相川町《あいかわちよう》の巽《たつみ》河岸の前にある三八寿司《ずし》は、奥に四畳半ほどの畳の部屋があるが、そこが五人の客でにぎわっていた。

「そうですか、そうですか。そういうことなら、早くあっしに言ってもらえたらよかったのによぉ」

と、三八が照れながら大声をあげた。

五人とは──。

夏木権之助に七福仁左衛門。

尾張町の大店《おおだな》、油壺屋の仙右衛門と、手代の申蔵《さるぞう》。

そして、旗本の山中万太郎《やまなかまんたろう》の息女、若菜《わかな》だった。

「こいつは、何か悪事がおこなわれてるなんて言ったんですぜ」

「七福堂さん。勘弁してくださいよ」

「いやいや。それは糸に針と餌がついていなかったら、そんなふうに思っても不思議はありませんよ」

と、油壺屋がかばった。

凧は逢瀬《おうせ》の合図だった。

ただし、相手は贋の太公望ではない。申蔵はあいだを取り持っていただけである。

恋物語の主役は、油壺屋の仙右衛門と、旗本の息女の若菜だった。

昔からの出入りの商人だった仙右衛門と、若菜とが恋に落ち、山中家の中間《ちゅうげん》だった申蔵がいろいろと助けてやった。

ところが、それがばれてしまい、山中家を首になり、油壺屋の手代にしてもらったのである。

屋敷に出入りはできなくなったが、なんとかして二人の仲を取り持つことはつづけなければならない。

「これが難しかったんです」

と、申蔵はなかば自慢げに言った。

「なにせ、あっしの顔は知られてますし、あの手、この手、いろいろやってみたんですが、どれも失敗だったんです」

「ほんとね。申蔵には頭を悩ませさせました」

若菜が面白そうに言った。

「あれが唯一、うまくいったんです。凧《たこ》の色で、今日は逢《あ》えるか、逢えないか。かたちで時刻。一文字で場所をあらわしました」

「ああ、そうか。茅という字は茅場町《かやばちよう》か」

「はい。茅場町になじみの店がありまして」

と、仙右衛門が頬を染めた。

「でも、わたしだって、凧を揚げるのに苦労したのよ」

若菜がそう言うと、仙右衛門は嬉《うれ》しそうに目を細めた。

「だが、申蔵。凧だったら、揚げればどこからでも見えるだろうが。わざわざあそこに座らなくとも」

と、夏木が疑問を呈した。

「じゃあ、夏木さま、やって見てくださいよ。そりゃあ、でっかい凧を高々と揚げることができるならいいですよ。でも、それだと怪しいとわかってしまう。だから、お嬢さまはこんな小さいのを、揚げてるとばれねえように、あっしがいるところの真上まで飛ばすんです」

「なるほど。それで、見極めたときはくしゃみをしたんだな」

「あ、わかりましたか？」

「それはわかるさ。あんなわざとらしいくしゃみは」

夏木がそう言うと、一同がどっと笑った。

「それにしても、こんなこと言っちゃ失礼ですが、若菜さまはお旗本のお嬢さまなのに、気さくでいらっしゃいますねえ」

と、仁左衛門は言った。夏木の奥方の志乃も気取ったり偉ぶったりしない人だが、こんなふうに町人の世界に平気で入ってきたりはしない。

「あら、旗本なんて言っても、ぴんからきりまで。うちなんか貧乏旗本ですもの」

「いや、じつは若菜さまの父上の怒りも、解けかけていましてね」

と、仙右衛門が嬉しそうに言った。

「ほう。それはめでたい」

「いや、めでたいというと山中さまに悪いのですが。お家の財政がきびしく、親戚《しんせき》筋にお譲りになることを決めたのです。それで、若菜さまもこの際、あっしのほうに嫁にくださることになりそうなのです」

「なるほどな」

夏木はすぐに事情を察した。

旗本の内実は楽ではない。もちろん、そこには油壺屋の莫大《ばくだい》な財産がものを言ったりもしたのだろうが、しかし、大本にあるのは二人の恋心だから、聞いても嫌な話にはならない。

この夜はうまい三八の寿司を堪能《たんのう》し、五人ともすっかりいい心持ちになったのだった。


浜町堀の近くにある夏木権之助の屋敷に医者の寿庵がやって来たのは、三八寿司の集まりの翌日だった。

夏木はつい、夕べは限度を超えて二合を飲んでしまったので、いささか後ろめたい。酒臭い息になっていないか気にしながら横になっていた。

いつもの治療がおこなわれている。

ていねいに揉《も》み治療をほどこし、夏木が日々すべきことを教えてくれる。

その寿庵が、今日は夏木に心の修行を勧めた。

心というのに触れたのは、今日が初めてだったので、夏木はすこし意外な気がした。


「心と身体を清らかにするのです。まあ、座禅のようなものでしょうか」

「どこでやるのかな」

「道場のようなところでやっております」

そういえば、仁左衛門が、浅草あたりでばったり寿庵と会ったことがあると言っていた。それはそういう集まりを開いていたのかもしれない。

「それは信心なのかい?」

「信心と言えば信心でしょうね」

「ふうむ」

「夏木さまのような方がなさると、効果はますます表われると思います」

と、夏木の背を指先で押しながら寿庵は言った。

夏木はすこし考え、

「そうか。じつはわしらもそろそろ信心でも必要になるのかなと、藤村や仁左衛門と話すときもあるのさ」

と、言った。嘘ではない。このごろ、そういう話がちらほらと出ているのだ。ただし、怪しげなものには引っかかりたくはない。

「そうですか」

「この世ってところは、面倒が多いよな。しかも、わしたち人間というのがまた、愚かでどうしようもない存在ではないか」

「はい。お気づきになられましたか」

と、寿庵はふくみ笑いをした。

「それはこの歳になれば気づくさ。五十過ぎておのれを賢いと思っているやつがいたら、それこそよほどの馬鹿だ」

「はあはあ」

「そう思うと、最後は祈ることくらいしかないのかなという気持ちになってしまうのさ」

「それはぜひ」

揉み治療もあとは首のまわりをやって終わりになるはずである。

「ところで、寿庵先生は鮫蔵って岡《き》っ引きのことは知ってたかね」

と、夏木は額を枕に当てたまま訊いた。

「もちろんです。深川の鮫を知らない人はいません。だが、亡くなったとかいう噂を聞きましたが」

「死んだ？　鮫蔵が？」

本当にそんな噂が出ていたのだろうか。

「噂ですよ」

「誰が言ったのかな」

「さあ、患者の誰かでしたか」

「生きてるぞ、鮫蔵は」

と夏木が言ったとき、盆の窪《くぼ》に激しい痛みがきた。

「あ、いたたた」

「…………」

「どうしました、先生？」

と、夏木は訊いた。手でもすべったのかもしれない。

「あ、申し訳ない。強すぎましたか」

「うむ。だが、効いたかもしれぬ」

「鮫蔵さんが生きていると？」

「これは内緒だぞ。刺されて死にそうになっていたのを浅草の寺で助けられていたのだ。ところが、だいぶ血が流れすぎたのか、鮫蔵は呆《ほう》けたようになってしまって、自分を刺した者もわからなくなっているのだ」

「…………」

手の動きが止まっている。

「やっぱり先生に診てもらったほうがいいのではないかと言っているのだがな。どうですかな？」

もちろん夏木の独断ではない。仁左衛門とも話し合ったし、藤村も賛成している。

「それはもちろん診させていただきますが……」

寿庵の声が妙に上擦ったようになっているので、夏木は首を回し、思わず顔をうかがってしまったものだった。

第五話　創痍《そうい》の鮫

一

外はまだかけ流しにできるくらい充分な光があるのに、湯屋のざくろ口の中は、暮れ六つ（午後六時ごろ）手前の薄暗さである。

初秋亭に近い湯屋の湯船に、藤村慎三郎、夏木権之助、七福仁左衛門の三人は並んで首まで浸《つ》かっていた。

「ああいい気持ちだ。寿庵には、あまり熱い湯はよくないと言われているのだが」

夏木が赤い顔をして言うもので、

「夏木さん。だったらやめときなよ」

と、藤村は止めた。

「そうだよ、夏木さま」

仁左衛門も心配そうになる。

「うむ。長くは入らぬさ。だが、たまにはこうやって極楽気分を味わうのも大事だろう」

夏木は手ぬぐいを頭にのせたまま言った。

「まあ、そうだな」

「いい気持ちだったら、身体にも悪くはないかもしれないしね」

湯屋は空《す》いている。

夕方が近いが、暮れるまではまだ一刻《いっとき》（約二時間）ほどあるだろう。一日の仕事を終えた職人たちが汗を流すのにやって来るのは、もうすこしあとである。

八丁堀界隈《かいわい》とちがって、ここらは男女混浴が多い。たとえ入り口や洗い場は別でも、ざくろ口をくぐると薄暗い湯船は混浴になっている。

とはいえ、この刻限に若い女はいない。

残念ながら暇な年寄りがほとんどである。日暮れのような暗さでも、裸の身体の張りはわかってしまう。

さっきまで三人は大川の河口で泳いでいた。朝からひどく蒸して、どうにもたまらず飛び込んだのだ。

夏木はこの前もすこし泳いだ。むしろ、泳ぐときのほうが、身体はうまく動くらしい。上から見ても、ゆっくり泳ぐ分にはそうおかしなところもない。

寿庵からも、泳ぐのが凄《すご》くいいと言われているらしい。

しかも、少年のころを思い出して、心がさっぱりする。

ただ、満潮時だったので、頭から何からすっかり潮臭くなった。軽く湯を浴びてこようということになった。

「藤村さんも初秋亭に詰めたのはひさしぶりだよな」と、仁左衛門が言った。

「そうだな」

このところ、藤村は鮫蔵の家にいることが多かったのだ。

住み込みである下っ引きの長助も、昼間は康四郎とともに出ていることが多い。万が一、鮫蔵が生きて佐賀町にいることを知ったら、げむげむからの刺客が襲ってくることも考えられる。

それを防ぐために、鮫蔵が一色町《いしきちょう》でやらせている飲み屋〈甘えん坊〉から妾《めかけ》たちに交代で看病に来てもらっている。どういう秘術があるのかわからないが、鮫蔵のところは女房と妾たちが姉妹のように仲がいいのだった。

また、鮫蔵の女房がやっている髪結いの店には、客がひっきりなしに来ている。連中もそうそうは襲撃できまいが、何があるかはわからない。げむげむの連中は思いがけない手で、何人もの人を殺してきたらしいのだ。かぼちゃや肥溜《こえだめ》まで使ってきたという。刃物で刺された鮫蔵などはよほど敬意をはらってもらえたのかもしれない。

とりあえず今日はずっと長助が家で見張っているというので、藤村も憂さ晴らしにやって来たのだった。

「だが、こっちも忙しかったんだぜ」

と、仁左衛門が言い、

「まったくだ。こっちの用事は二人で引き受けるとなったら、見計らったように依頼が増えた」

夏木もうなずいた。

「だが、二人でけっこう面倒な依頼まで片づけてくれたじゃねえか。二人なら奉行所でも務まったんじゃないかと思うぜ」

お世辞ではない、本気の褒め言葉だったつもりだが、

「奉行所なんぞ、こっちでお断わりだ」

「あっしもだよ」

藤村が思うほど、お世辞に使える職種ではない。

　その三人が、

「凄い医者だよ」

　という言葉に、思わず湯船の隅を見た。

　七十前後と思える年寄り二人が話していた。

「なんせ、一発で効いたんだから」

「一発って何すんだよ」

「あっしの場合は、揉《も》み治療だが、お灸《きゅう》が効いたやつもいれば、薬ですぐ治ったのもいる。とにかく腕はぴか一だ」

「へえ。そいつは頼もしいねえ」

　医者の評判らしい。

　鮫蔵のこともあるので、三人とも思わず耳を傾けた。

　寿庵の話かとも思ったが、どうもちがう。

「とにかく、鍼《はり》でも揉むのでも、ツボをはずさない。一度かかってごらんよ、万病に効くってんだから」

「へえ。そんな名医が深川くんだりに来たかね」

「毎日、列ができてるよ」

病気の悩みを抱えた人間は山ほどいる。本当にそれほど効くのだったら、どれほど繁盛することか。

「よう。その名医は、どこにいるんだい？」

と、藤村が年寄りたちに訊《き》いた。

年寄りたちは、藤村たちを見知っていたらしく、「ああ、初秋亭の旦那方《だんな》」とつぶやいて、

「伊沢町なんでさあ」

と、答えた。

「なんだよ、寿庵の近くじゃねえか」

「近くなんてもんじゃねえですよ。寿庵先生の裏長屋を出て、すぐのところにあるんですから」

「それはまた」

なんともこれみよがしではないか。

「名医は名はなんてえんだい？」

「幸渦堂《こうか》民斎《どうみんさい》といいます」

「ご大層な名だな」

と、夏木が笑った。唐《とう》の国の将軍のようではないか。

「だが、別段、偉ぶったりはしませんぜ。友だち扱いしてくれるので。寿庵先生のほうがあっしらにはちっととっつきにくいところがあるくらいです」

寿庵はお愛想のようなことは言わないので、そう受け取られる向きもあるかもしれない。

「また、べっぴんの手伝いが二人もいるてえのがいいやね」

と、もう片方が、だらしない顔で言った。

「ああ、そうそう。若いおねえちゃんから、お爺《じい》ちゃん、そこに寝てなんて言われると、なんか若返る思いがする」

「ひゃっひゃっひゃ」

年寄り二人が湯の中ではしゃいだ。

ところが、そこへ、

「あのぅ、お言葉ですがね」

湯船の縁に座って、黙って話を聞いていた別の年寄りが二人組の年寄りに口をはさんだ。

「なんでえ」

「あれはいかさま医者だね」

「いかさま？」

「ああ。最初にさくらを使って、ぱあっと評判をあげたんだ。うちの裏に住んでいるガマの油売りがぺらぺらとしゃべって歩いてるのを、おれは何度も見たからな」

「そりゃあ、効くとなれば、おれたちだってしゃべって回るさ」

「だが、ガマの油売りの言うことなんざ、当てになりっこねえ。あれは口のうまさにつられて買うだけで、誰も効くとは思ってねえんだから。皆、あの民斎ってえのに騙《だま》されてんだよ。そのうちもっと悪くなって、深川じゅう、重病人だらけになっちまうぞ。あいつはなんとかしたほうがいいですぜ、初秋亭の旦那方。あれじゃあ真面目にやってる寿庵先生がかわいそうだよ」

と、男はガマの油売りも驚くくらい早口で言った。

この男は見覚えがある。福島橋《ふくしまばし》のたもとにある豆腐屋のおやじである。

「寿庵は関係ねえだろうが。あの先生はあの先生で、自分の治療に信念を持ってやってるんだから」

と、民斎を褒めた年寄りが言った。

「あの民斎てえのは、寿庵先生とは言うことが正反対なんだ。だいいち、一発で効くなんてことは山師が言うことで医者が言うことじゃねえだろ」

と、豆腐屋は反論した。

たしかに寿庵は、一発で治すなんてことは絶対に言わない。

「寿庵は何か言ってるのかい？」

と、藤村は豆腐屋に訊いた。

「いや、あの先生はそんなことを言うわけがねえ。だからあっしがなんとかしてやりたいのさ」

「おめえ、民斎にかかったのかい？」

と、民斎派の年寄りが豆腐屋に言った。

「いや、おれはかかってねえが、隣りのジジィが」

「かかってみなよ、まずは」

「そうだよ。かかりもしねえで悪口言うなんて嘘つきだ」

と、二人が豆腐屋を責めた。

「嘘つきとはなんだ」

豆腐屋が立ち上がると、

「なんだ、この野郎」

負けじと手を突き出す。

「あ、殴りやがったな。こいつ」

年寄りたちが摑《つか》み合いになった。もっとも摑むものがないから、皺《しわ》を引っ張り合うような具合である。

「おいおい、喧嘩《けんか》はよしなよ」

と、藤村たちは苦笑いしながら割って入った。

「だって、このジジイが」

「おめえだってジジイだ」

まったく年寄りのひいきというのも弱ったものである。双方、睨《にら》み合って、

「じゃあ、出鱈目《でたらめ》かどうか、この際、初秋亭の旦那方に調べてもらおうではないか」

ということにあいなった。

二

翌日――。
とりあえず、三人で朝から伊沢町に行ってみた。地元の人たちの依頼には応《こた》えな

ければならない。

近づくにつれ、人だかりが見えてきた。

「おいおい、もう列ができているぜ」

藤村が呆《あき》れた声をあげた。

「ざっと五十人はいるな」

目のいい夏木がすぐに言った。

通りには、待っている患者のための縁台が五つほど並べられていた。たいがいは元気そうだが、なかには本当に具合の悪そうなのも何人かいる。

玄関番みたいな爺さんがいて、順番の札まで配っている。何も言わないうちから、藤村たちにも札をくれた。三枚寄《よ》こそうとしたが、一枚だけもらった。見ると、八十三番になっている。

「いまは何番だい？」と、仁左衛門が訊《き》いた。

「二十八番が入って行ったところだよ」

「なんだい。まだまだだねえ。どうする、藤村さん、夏木さま。ここで順番を待ってるかい？」

「そういえば、豆腐屋が裏長屋にいるガマの油売りはさくらだとか言ってたな。ちっと話を訊いてみるか」と、藤村が言った。

「では、わしは順番待ちをしている。二人で行ってみてくれ」

夏木を置いて、藤村と仁左衛門がその裏長屋を訪ねることにした。ここからはすぐのところである。

だが、長屋の前に来て、

「こころしいが……」

と、仁左衛門が首をかしげた。腰高障子には、ガマの油ではなく、馬の油と書いてある。

戸が開いていて、中にいた男と目が合った。四十ほどの小柄な男である。

「あんたが馬の油売りかい？　ガマの油売りは聞いたことがあるが、馬の油ってぇのは知らねえな」

藤村がからかうように言った。

「ガマよりも効きますぜ。だいたいガマの油は、浪人者がだんびらを振りかざしてやる商売でしょ。あっしのは、ああいう物騒なものは使いませんから。そのぶん、効き目も穏やかで、じんわりと効くんです」

言うことがいかにもハッタリ臭い。

手前の台所の隅に、膏薬《こうやく》の材料らしきものが置いてある。油が入った甕《かめ》に馬の尻《しっ》尾《ぽ》のようなものが浸してある。それで、馬の油が取れるものなのだろうか。

「おめえが、そっちの民斎とかいう医者をさんざん褒めちぎっていたらしいけど、あいつの治療は効いたんだな？」と、藤村は訊いた。

「ええ。効きますぜ、民斎さんの治療は。あっしはこの数年、足腰の痛みがひどかったけど、民斎先生に揉《も》んでもらい、薬をもらったら、翌日は一日じゅう歩いても疲れ知らずでしたから」

「ほんとだろうな」

「嘘じゃねえですって。ありゃあ凄《すご》い。あっしはほれ、このとおり」

ひょっとこの田楽みたいな格好をしてみせた。

「ずいぶん礼金はもらったんだろ」

「それじゃあ、さくらじゃねえですか。旦那《だんな》、あっしはさくらを使いこそするが、さくらに使われることはねえ」

と、おかしな見得を切った。

どうも水掛け論にしかならなそうである。

もどりがてら、

「藤村さんよ。あれは、どう見たってさくらだよね」

と、仁左衛門が言った。

「だが、飯屋だって親戚《しんせき》の者がうまいうまいと言って回ったりするんだ。医者がやってもそう文句を言われるものでもねえかな」

と、藤村も弱ってしまう。

さっきの列にもどってくると、夏木が並んでいるところがすこし前に進んでいる。

「どうだった？」

夏木に訊かれて、

「まあ、さくらだな」

と、藤村が簡単に答えた。

「どれ、次は寿庵が苦虫を嚙《か》み潰《つぶ》してるかどうか見てくるか」

「よしなよ、藤村さん」

「なあに、大丈夫だって」

患者を取られるなんてことは、寿庵は気にしないのではないか。目の前の患者の具合がすこしでも良くなることだけに専念する。

路地を入ると、そこはもう寿庵が住む長屋である。戸は閉まっていて、この暑さで戸が閉まっているというのは、いないのが明らかだった。

すぐに列のところに引き返した。

「いねえな」

「鮫蔵を診てくれると言ったが、なかなか暇がないのだろうな」

と、夏木が言った。だいたい鮫蔵の家がある佐賀町と伊沢町というのはあいだに一町（約一〇〇メートル）ほどしかなく、すぐ近くである。それがちょっとでも立ち寄れないというのは、伊沢町にもなかなか帰って来られずにいるのだろう。

「死にそうな患者を何人も抱えているようなことは言っていたな」

「じゃあ、試しに鮫蔵を民斎に診せてみようか」と、仁左衛門が言った。

「ううむ」

と、夏木は気が進まないらしい。

「あれだけ効くってやつがいるんだから、まんざらひどい医者でもないのかもしれないよ」

「そうだよな。医者と患者にも、合う、合わないってのもあるかもしれねえ。鮫蔵みてえなおかしなやつには、そういう変な医者が合ったりするかもな」

と、藤村が冗談とも本気ともつかないことを言った。

一刻《いっとき》ほど待たなければ駄目かと思ったが、よほどてきぱきとこなしているのか、そうこうするうち、順番が近づいてきた。

出てくる患者が皆、明るくなっているのはたいしたものである。

「どうする、三人でかかってみるかい？」

と、仁左衛門が二人の顔を見た。

「では、わしがかかってみるか。寿庵からは頭はなんともないと言われたが、本当にそうなのかという気もするんだ」

「どういうことだい、夏木さん？」と、藤村が訊いた。

「どうも、昔は覚えていたことの一部が、ごそっと消えているような気がするのさ」

「それは夏木さんに限らねえって。おいらなんざ、たまに昔のことを思い出そうとすると、引き出し一つぶんくらい、ごそっとなくなっていたりする」

冗談ではないのだ。名前に至っては、町内の人数ぶんくらいは頭からいなくなった気がする。

「そうか。だが、そういうのとはちがう気がするのだ」

「やっぱり、夏木さまはやめたほうがいいよ。寿庵さんの治療の方針とちがったりすると、ややこしいことになるからね。あっしか、藤村さんだが、あっしはまだ子どもが小さいからなあ。変な治療なんかされて、失敗でもしたら……」

「なんだ、おい」

「いや、藤村さんがいいとは言ってないよ」

「わかったよ。いいよ。おいらが行ってみるさ。そういえば、最近、胃のあたりがしくしくするんだ。なあに、飲みすぎってのはわかっている。医者にかかっても不思議はないのさ」

それで藤村がかかることにした。

「あややや、疲れてますねえ、旦那」

中に入って、民斎と顔を合わせるやいなや、そう言った。きょとんとした目の、憎めない感じがする男である。歳は藤村よりは、五、六歳は上ではないか。

「そう見えるかい？」

疲れているのはまちがいない。だが、おいらくらいの歳で疲れていないやつがいるのだろうかと、藤村は思う。

「よくないねえ。でも、もう大丈夫です。わたしが診るのですから」

と、腕まくりし、力こぶを見せてくれた。

──なんだか幇間《ほうかん》みたいな野郎だぜ。

そう思ったら、

「まるで芸人みたいだってか。てへへ。でもね、旦那、医は楽であるべきなんですよ」

と、こちらの気持ちを読んだみたいに言った。

「楽？」

「そう。医は仁術もけっこうだが、わしに言わせたら医は楽術でもあるべきだね。楽にさせてやる。楽しくさせてやる。わしが求める医術はそれなんでさあね」

わかったようなわからないような話である。

きれいな若い娘が二人、民斎のわきについている。これが年寄りを喜ばせている娘たちだとすぐにわかった。それにしても、二人は顔が瓜二《うりふた》つである。

「お金《きん》ちゃん、お銭《せん》ちゃん。この旦那を横にならせておくれ」と、民斎が言った。

「はぁい」

二人に手を取られるようにして、藤村は膝《ひざ》までくらいの台の上にうつぶせになる。

「お金ちゃん、お銭ちゃんといて、お銀《ぎん》ちゃんはいねえのかい」

と、藤村は訊《き》いた。金、銀、銭が江戸の通貨である。

「そこに気づいたのは旦那《だんな》が初めて。もしかして、旦那、八丁堀？」

「いたんです」

「馬鹿言うなよ」

藤村はしらばくれる。

「あたしたち、三つ子だったんですよ」

「でも……」

と、声が暗くなった。

「おい、まさか嫌なこと、言うなよ」

「また、当たり。お銀ちゃんはかわいそうなことに」

「お前、そういうことを当たりとか言うな。洒落《しゃれ》にならねえんだから」

「はぁい」

器量とくらべると、二人ともおつむのほうはかなり落ちるらしい。

「どれどれ」

と、民斎がすぐに首筋から背中を押しはじめた。

「ああ、胃はよくないね」

「わかるかい？」

「飲みすぎ、食いすぎ、やりすぎ」

三つのうち二つは当たっている。

なかなかうまい。ツボは心得ている。そこを的確にていねいに押してくれる。

「効くなあ」

「そりゃあ、効くでげしょ」

でげしょとは、やっぱり医者の口調ではない。

「ちゃんと悪いとこを押してるんですから」

一通り終えて、

「どうです。楽になったでしょ」

「そうだな」

嘘ではない。ぐるぐる回してみてもわかるが、肩のあたりは明らかにずいぶん軽くなった。胃のあたりもすっきりした気がする。

「やっぱり薬は飲んだほうがいいね」と、民斎は言った。

「そうか」

ついついその気になる。

「では、処方箋《しょほうせん》を書いておきます」

民斎は、書くと言いながら、すでに書いてあるものが並んでいるうちから一枚取り、藤村に渡して寄《よ》こす。ちらりと見ると、よく芝居小屋の看板にあるような文字で「三星混淆丸《こんこうがん》」と書いてあった。

勘定をすませ、帰りがてら、いっしょに外に出た患者に訊いた。

「どうだい、ここは？」

三十半ばくらいの、痩《や》せて青白い顔の男だが、

「いいですよ。ここへ来てから、すごく調子がいいんです。しかも、見つけにくい病気まで見つけてもらいましてね」

と、言った。

「なんだ、そりゃ」

「名前は難しいのですが、なんでも漢《かん》のなんとかという大王と、聖徳太子《しょうとくたいし》もこの病で死んだらしいです。だが、いまなら死なずにすむのです。いい薬ができましたからね。民斎先生が考案したそうです」

「そうなのか？」

「はい。まったくありがたいもんです」

と、嬉《うれ》しそうに言った。

夏木と仁左衛門が待っていて、

「どうだ、藤村？」

「ほんとに一発で効くのかい？」

興味津々で訊いてきた。

「うむ。揉《も》むのはうまい」

「ほう」

「やっぱり」

仁左衛門は自分もかかるかという顔になっている。

「それと口もうまい」

「それか」

夏木はやっぱりという顔をした。

「でも、腕がよければ、口がうまくたって悪くはないよね」

「しかも診療代も安い。そこらの年寄りでも払える値段だし、下手したら寿庵よりもだいぶ安いな」

「ほう。それでは寿庵のところはまずいな」と、夏木が言った。

「しかも、あの場所だもの。患者を根こそぎ持っていかれちまうよ」

仁左衛門が心配そうにした。

民斎のところで指定された薬屋に向かう。

北川町《きたがわちょう》の近江屋《おうみや》河岸のところにあった。〈鶴亀仙人堂《つるかめせんにんどう》〉と看板があり、こちらにも大勢並んでいる。

年寄りたちが山ほど薬をもらい、喜んで帰っていく。

「こんな店、いつの間にできてたんだよ」

と言いながら、藤村は処方箋を渡した。

「お銀ちゃん。そっちの薬」

と、あるじが薬棚を指差した。

お銀ちゃんと呼ばれた娘は、顔が民斎のところにいたお金とお銭と同じである。

「なんでえ、お銀ちゃんはこっちに来てたかい」

と、藤村は苦笑した。

薬はけっこうな値段である。

治療代は安いが、ここで薬を買うと、やはりたいそうな金額になるのだ。

だが、とくに文句を言う者はいないらしい。薬というのは、診察とちがって手元に物が残る。損した気がしないのかもしれなかった。

三

「やっぱり、そうだ」
と、夏木が目の前の紙を指差して言った。
紙には三つの黒っぽい小さな山ができている。
「なんだい、これは？」と、仁左衛門が訊いた。
「藤村がもらってきた薬を、色で分けてみた。あまり細かくしてなかったのででき
たのだがな」
薬はたいがい薬研《やげん》を使って細かな粉にされ、それを煎《せん》じてから飲むのがほとんど
である。その薬研で引く作業が適当なのだろう。目がかなり粗かったので、夏木が
思いついたことだった。
「これが十薬、つまりドクダミだ」
「なんだ、ドクダミかい」
と、仁左衛門は呆《あき》れて匂いを嗅《か》いだ。生の葉をつぶしたときのようなひどい匂い
はない。

「これは、ハトムギ」

「おいおい」

「そして、こっちはイチョウさ」

「この三つかい」

「どれも安いどころか、そこいらのものを乾燥させただけだな。もちろん、わしでもつくれるよ」

「その名が三星混淆丸ときたかい」

仁左衛門が笑った。

「それが、あの値段かよ」

と、金を払った藤村は噴然とした。

「だが、毒を飲ませてるわけではないな」

現に、年寄りたちは調子がいいと言っているのだ。効きさえすれば、馬の小便だって薬になる。

「医術というより単なる揉み治療のような気がするがな」

と、藤村は言った。

「やはり、鮫蔵を診させてみるか」

夏木がそう言うと、

「でも、あんだけ混んでるんだ。連れて行かないと診てくれないだろうね」

と、仁左衛門は言った。

「それにしてもなあ」

と、藤村は首をかしげた。

「どうしたい、藤村さん？」

「あの、民斎の野郎、何か引っかかるんだ」

「昔、捕まえたことがあるって？」

「どうかねえ」

たぶん、それはない。自分の手で捕まえたやつは、どんな微罪でも覚えている。

だが、いくら考えても思い出せない。

「こういうとき、鮫蔵がしっかりしてくれていたらなあ」

と言って、藤村は立ち上がった。

鮫蔵は藤村が持って来たみやげの饅頭《まんじゅう》を、うつむいたまま、三つぺろりと、うまそうに食った。黙々と饅頭を食うさまは、寂しげでもあり、滑稽《こっけい》な感じもする不思議な光景だった。だが、その不思議さは、鮫蔵に似合わないわけでもなかった。

「これを食わなかったら、やっぱり鮫蔵の贋者《にせもの》かと疑うところだぜ」

と、藤村は言うと、二十近く若い鮫蔵の女房は、

「でも、この子がこれだけなついてますからね」

と、猫を指差した。

目がよく見えない猫がやって来て、鮫蔵に身体をこすりつけている。鮫蔵は抱きあげもせず、ぼんやり猫のしぐさを見ている。たしか以前、拾うところを見たのはこの猫ではなかったか。悪党に舐《な》められるとまずいので、このことはないしょにしてくれと頼まれたものだった。あんなときの生き生きした表情が、ふたたび鮫蔵にもどってくる日があるのだろうか。

「どうも、あの民斎ってえのは、うさん臭くてさ……」

と、いっしょにいた長助にこれまでのことを語った。

もちろん、わきにいる鮫蔵にも、声は届いているはずである。

藤村の話が終わると、

「でも、それだけでは町方でもどうにもなりませんでしょう」

と、長助が言った。

「そうなのさ。だが、なんか引っかかるものがあるんだよな」

「顔に見覚えがあるとか？」

「いや、それはねえと思う」

「名前は？」

「名前なんざ、どうせ出鱈目《でたらめ》だもの」

「なんなんでしょうね」

長助も困ったらしい。横目でちらりと鮫蔵を見た。

鮫蔵は膝《ひざ》を抱えたまま、黙って聞いていた。

表情にはなんの変化もない。

――駄目か。

藤村は諦《あきら》めて、

「そういや、長助、康四郎のことなんだがな」

「あ、はい」

「女とつきあってるだろ」

「ええ」

「芸者の小助ってえんだろ」

「…………」

「別に誰とつきあったってかまわねえし、別れさせようなんて気もねえ。ただ、その芸者のことをちっと知ってる人がいてさ。どうなっているのかだけ知っておきてえんだよ。まだ、つきあってるのか」

「ええ、まあ」

「康四郎は本気なのか」

「康さんはああ見えて、女をもてあそぶようなことはしませんから」

長助はかばっている。いっしょに動く小者がかばってくれているということは、康四郎もすこしは成長したのだろう。

「いや、いいんだ。ちっと知っておきたかっただけでな」

「そうですか」

「じゃあ、今日は帰るぜ」

藤村は女房たちにも頭を下げ、立ち上がった。

そのとき、鮫蔵がぽつりと何か言った。

「え、なんだって？」

「…………」

何か言ったのはまちがいないが、また口を閉ざしている。

「何か言ったよな？」

と、すぐそばにいた鮫蔵の女房に訊《き》いた。

「なんか、虹色《にじいろ》の、雛《ひな》とか、言ったみたいです」

と、自信なさげに答えた。

「ああ。虹色の雛……」

よく覚えていないが、ずいぶん昔にそういえばそんなことがあった気がする。

それを鮫蔵が思い出したのだ。

つまりは、さっきの話もわかっているということではないか。

——鮫は必ず蘇《よみがえ》る……。

藤村は嬉《うれ》しくなってきた。

鮫蔵の家を出て、一色町から伊沢町の前を通った。

月はまだ八日の細い月で、提灯《ちょうちん》がないので足元もおぼつかない。

「お……」

向こうから提灯を持って歩いて来る寿庵と会った。

疲れた顔をしている。いつも連れている弟子もいない。

「いよお、先生」

「これは、藤村さん」

「ひさしぶりじゃねえか」

「ええ。じつは、深川を出ようかと思ってまして」

「前に来た医者のせいかい？」

「あの医者のせいなのかどうかはわかりませんが、なにせ、患者は減りましたので」

たしかにいくら欲のない寿庵とはいえ、暮らしていかなければならない。

「そりゃあ、早計だぜ、先生。もうじき、民斎の野郎は流行《はや》らなくなる。それどころか、お縄になるかもしれねえ」

「そうなんですか」

「鮫のおかげさ」

そう言うと、提灯の灯が揺れた。

「おかげとおっしゃいますと？」

「民斎の昔の悪事を示唆してくれたみてえなんだ」

「頭がもどったのですか？」

「いや、まだなんだが。ほんのすこし光が差したような気がする。あれは治るぜ。あんだけ強靭《きょうじん》な男だもの」

と、藤村は言った。嬉しさが声音ににじみ出てしまう。

「あとで、診てみます」

「おう、そうかい。じゃあ、飯食ったら、おいらもあとでまた行ってみるよ」

そう言って、藤村は寿庵と別れた。

それからしばらくして――。

鮫蔵の家の近くでぼやが出た。付け火らしい。油のついたぼろきれが、空き家の中に投げ込まれたのだという。

大騒ぎになり、長助や鮫蔵の女房まで前の通りに出て行った。いざとなれば、鮫蔵を抱えて逃げなければならない。

そんな騒ぎが起きているのをよそに、鮫蔵の家に入ってきた男がいた。

寿庵だった。

「わかりますか、鮫蔵さん。わたしです」

「…………」

「寿庵です。おひさしぶりです」

「………………」

鮫蔵は寿庵を見た。なんの表情の変化もない。

「ぼんやりしてますか」

「………………」

「血がいっぱい流れたりすると、そういうことになったりするんです。前のことが消えてしまったりすることもあれば、ふいに蘇《よみがえ》ることもある。よくわからないんですよ。医者がやれることには限界がありましてね」

「………………」

「よく効く薬を調合してきました」

小さな包み紙を懐から出した。

「………………」

「苦いですが、一息に飲んでみてください」

そう言って、寿庵は湯のみのようなものを探した。

そこへ女が二人――鮫蔵の女房と妾《めかけ》、それに長助もいっしょにもどって来た。

「あ、寿庵先生、どうなすったんですか」と、鮫蔵の女房が訊いた。

「うむ。藤村さんから鮫蔵を診てやってくれと頼まれていたのでな」

と、すこし慌てたように言った。

「ああ、そうですか」

「これは気鬱《きうつ》の病だぞ」

と、寿庵は強い口調で言った。

「治らぬぞ。ああしてうつむき、やがて完全に心を閉ざす。治したかったら、もっと励まさないと駄目だ。もっと頑張るように言ってあげないと、二度と気持ちは浮かび上がってこないぞ」

と言って、寿庵は包みのようなものを、懐に入れた。

「そうですか」

と、鮫蔵の女房がうなずいた。

「では、お大事にな」

寿庵は急いでいるらしく、立ち去って行った。

「変ね」

と、見送った妾が言った。

「変て、何がだい？」

女房がじつの妹に訊くように言った。

「おかみさんの前だけど、あたしはどうも、あの医者が駄目でね」

「ああ。あたしもそうだよ」

「あの先生、名医かもしれないが、なんか怖いところがあるんだよ」

「怖いとこ？」

長助が不思議そうに訊いた。

「そう。いま、流行りの民斎ってのがうさん臭いのわかるよ。でも、まだ、あいつのほうがまし。やっぱり人間は病気には勝てないって、諦《あきら》めもつくしね。でも、なんだか寿庵先生に見捨てられると、本当に地獄の底まで捨てられる気がするのさ」

妾がそう言うと、女房もうなずいた。

「さっきも治らないなんて、いきなり言ったよね。あれはないよね」

そこへ、藤村がふたたびやって来た。

「おや、寿庵は来てなかったかい。さっき、来るって言ってたんだがな」

「お見えになりましたよ。でも、すぐに帰られました」

「鮫蔵を診ないでかい？」

「ちょっとは診たみたいですが、治らないって」

「ん？」

「気鬱の病だって。治したかったら、もっと頑張るよう励ませって」

と、妾が納得いかないように言った。

「あれ、親分、震えてる。寒いのかね」

ふと、長助が言った。

見ると、本当に鮫蔵は震えていた。頭を膝《ひざ》につけたまま、生まれたての仔犬《こいぬ》のように小刻みに震えていた。

「ほんとだ。どうしたんだろ」

長助と女房が、鮫蔵を横にさせ、上から薄い布団をかけてやる。

そのようすを見ながら、

「やっぱり寿庵先生が言ったことは変でしたよ。じつはね、あたしも気鬱になったことはあるんです。鮫の親分みたいにひどくはなかったですが、あのとき、他人から頑張れって言われると、ものすごくつらかったんです。もう、充分、頑張ってきただろって。これ以上、頑張れないからつらいんだって。でも、鮫って男は、けっしてそういうことは言いませんでした。頑張れなんてことは。つらいときは、むしろ頑張らなくていいんだぜと言いました。逃げたっていいんだって。それでものすごく気持ちが楽になったんです。だから、あたしも鮫に頑張れなんて言えません」

と、妾が小声で藤村に言った。

「そう言えば、寿庵先生、手にやけどをしていたな」

と、長助が言った。

「やけど？」

「ええ。手のこの甲のところに。なんか、できたばっかりみたいで、赤くなってました」

「おいら、さっき会ったけど、そんなものあったかなあ？」

と、藤村は首をかしげた。

——そう言えば、どうもようすはおかしかった。

藤村は気になった。

寿庵の家を訪ねてみることにした。

ぼや騒ぎの名残りの人だかりを抜け、藤村は伊沢町の寿庵の長屋に行った。手前の民斎のところもさすがに人けはなくなっている。

寿庵は深川を出ると言っていた。だが、今夜くらいはここで寝ていくだろう。そう思ったが、戸を叩《たた》いても返事はない。明かりも見えない。

戸を開けると、人けはない。帰ってきたようすも感じられない。ふとんや衣類のたぐいは散らかったまま残っていたが、寿庵にとっていちばん大事なはずの、薬箱と書物が消えていた。

あわてたというより、苛立《いらだ》ちのようなものが感じられた。

――ううむ……。

藤村は腕組みし、寿庵が消えた家の中に黙って立ち尽くしていた。

四

翌日――。

本所深川回りの同心である菅田万之助《すげたまんのすけ》に「虹色の雛《にじいろのひな》」のことを訊《き》こうと思ったら、康四郎がしゃしゃり出た。

康四郎はいま、乗っているのだ。気分が高揚し、それに呼応するように、物事がうまく運んでいく。そういうときというのはあるもので、藤村にも覚えがある。だが、調子に乗ると、とんでもない失態が待っているのもそういうときである。

長助から聞いたあと、康四郎はすぐに奉行所に行って藤村よりも古い例繰方《れいくりかた》の同心に訊いた。古い事件と思ったが、そう古くはなく、十五年ほど前に、深川と本所のあいだとも言える北森下町《きたもりしたちょう》であったできごとだった。

康四郎は、当時の被害者を連れてきて民斎と面会させ、同一人物だと特定した。

巧妙な詐欺だった。

まずは、こんな話から入る。ある種のひよこを飼って、いい餌を与えつづけると、やがて虹色のたまごを産み、そこから虹色のひよこが出るのだと。

もし、それが出たら、「百両で買い上げる」というのである。

出るか出ないかはわからない。だが、出たら百両である。

この百両を欲しさに、その町の連中はひよこをいっぱい育てた。ひよこは凄《すご》く安い。ただみたいな値段である。ただし、餌が決め手になるらしくて、餌代はかかる。だが、それはやがて得られるかもしれない百両のために仕方がない。

男はひよこ代よりも、餌代で山ほど儲《もう》けた。

そして、しばらくすると、男はいなくなっていた。

あとには、やたらとうるさい鶏が、そこらじゅうで鳴いているばかりだった。

罪はたいしたことはなさそうだが、虹色のひよこなど生まれるわけはないのだから、立派な詐欺である。

——そうか。あれをやったのが、民斎だったのか。

入り口は安く、出口でしこたま儲ける。

民斎の治療と薬は同じことだった。

そこに気づいたのだから、やはり鮫蔵の頭はしっかりしつつあるのだ。

「ほらほら、観念しな」

康四郎と長助が、民斎をしょっぴいた。伊沢町から直接しょっぴくと町内の連中がうるさそうなので、いったん熊井町の番屋に連れてきたのだ。

このあいだの幽霊駕籠《かご》につづいて、藤村康四郎は早くも二番目の手柄である。

「やるねえ、康四郎さんは」

番屋をのぞきこんで、仁左衛門が言った。

「康四郎さんは、動きが速いもの。あれも才能なのだ」

と、夏木も褒めた。

「へっ」

と、藤村は噴然としている。

番屋の前にはどこから伝わったのか、民斎の患者たちが続々と集まってきていた。

民斎をしょっぴくことに抗議しようという調子で、めいめいがしゃべりまくっている。

「あたしは、あの先生がちっといかさま臭いことなんかわかってたよ。だが、あそこは楽しいんだから。どうせ、あたしなんぞは、まもなくお陀仏《だぶつ》なんだからよ」

「そうだよ。寿庵先生に言われるみたいに、こまかく食いものに気をつけたり、動かしたくない身体を無理して伸ばしたくなんかねえんだ」

そう言ったのは、なんと豆腐屋のおやじではないか。いつの間にか、すっかり宗旨替えしてしまったらしい。

「そうそう。わしらは年寄りだぞ。のぉんびり寝そべって、極楽気分を味わってればいいのさ」

それまで黙って聞いていた仁左衛門が、

「だが、それで倒れたり、動けなくなったりもするだろうよ」

と、異議を唱えた。

「そんときはそんとき。なんのために、倅《せがれ》に嫁もらってやってんだよ」

「そうだよ。孔子《こうし》さまの教えをじっくり説いてやるべきだな」

年寄りたちの話は大いに盛り上がった。

そこへ、番屋の中から縄をつけられた民斎が出てきた。

「なんだよ、若い同心はやっぱり人情を知らねえな」

康四郎もすっかり悪役である。

民斎にこのあいだまでの明るさや調子のよさは微塵《みじん》もない。しょんぼりとうなだれてしまっている。

「あ、民斎さまが……」

「あっしの足はほんとによくなったんですから」

「そうだよ。いかさまなんかじゃねえってのはあっしらが証明しますぜ」

「寿庵先生もいなくなったみたいで、あっしらいい医者を探すのは大変なんですぜ」

と、誰かが言った。寿庵が引き払ったことはもう伝わっているらしい。

「また、この町に来てくださいよ」

「それまで、なんとか死なねえで頑張ってますから」

うつむいていた民斎が、

「ありがと……」

そうつぶやくと、涙が一筋二筋流れた。すると、あちこちから嗚咽《おえつ》やら、すすり泣きまで聞こえてきた。

なかには生き神さまとばかりに手を合わせる者までいる始末だった。

そんな光景を見て、

「難しいもんだよな」

と、仁左衛門はつくづくと言った。

「わしは寿庵さんに同情したくなるな」

夏木がそうつぶやくと、

「寿庵にね……」

藤村はひどく複雑な顔をした。

五

翌日――。

乗っていると評判の藤村康四郎が、小助を連れて初秋亭の近くにやって来た。この先のことを、夏木に相談するつもりだった。

――おやじがいたらまずいが、そのときは夏木さまだけ呼び出せばいい。

康四郎はそう思っていた。

「おやじたちがたむろしているのは、番屋の隣りなんだ」

「え？　番屋って、熊井町の番屋？」

「ああ」

「そこにいるの？」

「これから会うのは、おやじの古くからの友だちで夏木権之助さまというお旗本なんだ。三千五百石の大身なんだが、これが気取らないお人柄でさ」

と、康四郎は嬉《うれ》しそうに言った。

小助がこめかみのあたりを指先で揉《も》んだ。

「康四郎さま。やっぱり今日は行きたくない」

「なんでだい？　緊張してきたかい。大丈夫だって、ほんとにいい人なんだから」

「ああ、あたし駄目。帰るから」

小助は、康四郎が止めるのも聞かず、無理やり引き返そうとした。

と、そこに――。

永代橋のほうから、夏木権之助が杖《つえ》をつきながらやって来たではないか。

正面から鉢合わせした。

「よう、康四郎さんではないか」

と、夏木が先に言った。

夏木は今日も機嫌がいい。この人は、倒れたあとも、いつも機嫌がいい。この性格がこの人の病の回復を早くしたのではないか。

「夏木さま。ちょうどよかったです」

と、康四郎が小助の肩を摑《つか》んだまま言った。

「うむ」

「じつは、このおなごなのですが」

「おう。康四郎さんのいい女かい。たいしたもんだね」

だが、小助は思いきりうつむいている。

「ほら、顔を上げて挨拶《あいさつ》しろって」

康四郎が照れ臭そうに言った。

「いやいや」

と、小助は首を横に振るばかりである。

「どれどれ、さぞかし別嬪《べっぴん》なのだろうな」

夏木はのぞきこんだ。

「ん……。ほう。やっぱりたいした別嬪だ」

と、夏木は笑って言った。

「康四郎さま。あたし、帰る」

「すみません。夏木さま。なんか、すっかり照れてしまったみたいで」

「そうか。では、またな」

と、夏木は初秋亭のほうに歩いて行った。

「どうしたんだ、小助」

康四郎は夏木を見送ったあと、小助をなじった。

「あのね、康四郎さま。あたし、思うんだけど、やっぱりあなたとは合わないと思う」

「何を言い出すんだ」

「別れましょう」

「おい、小助」

康四郎は急な変わりようにおろおろするばかりである。

「いいから、もう無理。二度と近づかないで。しつこくすると、あたし、このへんがぶち切れるから」

小助はこめかみを指してそう言うと、いきなり康四郎の脛《すね》を蹴《け》り、凄《すご》い勢いで走り去った。

「なんか、大丈夫かな」

と言いながら、仁左衛門が初秋亭に入ってきた。

「何がだよ」

下の部屋に横になっていた藤村が訊《き》いた。

「康四郎さんだよ。さっき、永代橋のところでがっかりして川を眺めてたんで、どうしたいって訊いたら、女にふられたってさ」

「康四郎が？　ふられた？　そいつはいいや」

と、藤村は笑った。失恋は男にとって滋養だと思っている。しかも、このところ調子に乗っている康四郎には、いい薬にもなるはずである。世の中そうそうてめえの都合のいいことばかりは起きない。

夏木は二階で筋伸ばしをしているはずである。天井をちらりと見て、

「なあ、仁左。やっぱり、あの芸者にふられたのかね？」

と、藤村は小声で訊いた。

「そうだってさ」

と、そこへ——。

上から声がした。

「なになに、康四郎さんがふられたって？」

夏木がゆっくりと降りてきた。

「ああ、そうなんだよ」

と、仁左衛門がうなずいた。「かわいそうにな」

「それは変だな。さっき、そこで若い娘を連れて、ここに来ようとしていたのに」

「え……」

藤村の顔が強《こわ》ばった。

「夏木さん、その娘を見たのかい？」

仁左衛門は恐る恐る訊いた。

「ああ、見たとも。なかなかかわいらしい娘だった。格好からすると、芸者かのう」

「見たんだ？」

と、仁左衛門はまた訊いた。

「それがな、どこかで見たような覚えがあるのだが、思い出そうとすると、ぼんやりしちまうんだ。やはり、中風《ちゅうぶ》のとき、すこし頭をやられたのかねえ」

そう言いながら、夏木は一階の庭のほうに降りた。

藤村と仁左衛門は、そっと顔を見合わせた。

もしも、あの芸者と康四郎がつきあっていることを知ったら、夏木はまた中風の発作を起こしかねないと心配した。最悪の状況は回避できたらしい。

「よう、藤村さん。夏木さんはほんとに記憶が消えたところもあるのかね？」

「そうみたいだ。まあ、あってもおかしくはねえわな」

「たしかにね。でも、康四郎さんには悪いが、これでよかったかもしれないね」

「ああ。大助かりってもんさ」

「嬉しそうに言っちゃかわいそうだよ」

「じっさい、嬉しいだろうよ」

「くっくっく」

夏木は二人がくすくす笑い合っているのを背中に感じながら、後ろを向いたまま、にやりと笑ったのである。してやったりとでもいうように。

藤村も仁左衛門もこれにはすこしも気がつかなかった。

谷中に住まいを移した寿庵は、今日も一生懸命、働いた。弟子を連れて、往診に駈《か》けずりまわった。

一日たりとも休みはない。

自ら疲れはて、一日の終わりには我が身のための薬を調合する。足のだるさをやわらげ、肩の痛みを消すための、数種の薬草を煎《せん》じる。

――どうか、明日も一日、患者のために働くことができますように。

誰にもやさしく、貧しい者も平等に。それが寿庵のいちばん思うことだった。

だが、そんな寿庵でも、呆《あき》れるような患者がいる。腹立たしく、治療を投げ出したくなる患者がいる。

いま、診てきたばかりの患者もそんな男だった。蔵前《くらまえ》にある大きな札差の山城屋《やましろや》のあるじだった。

「金はいくらでも積むと言ってるんだ。だったら、それだけの薬を調合しろ。あたしに歩けだの、飯をひかえろだのは言わなくていい。金に見合った薬をくれたらいいだけのことなのだ」

ののしるようにそう言った。

この人がつねづね言うことによると――。人がなしたこと、人がなさなかったこと。それはすべて金の多寡に換算できるらしかった。

葬式を見れば、その人間がなし得たことの価値も明らかではないか。そうも言った。戒名と、列席者の数と、花輪と、香典と……。

無邪気な金の奴隷と言えなくもないが、しかしこの人は、自分のところに金を集めるため、これでもかと人からむしり取った。金を貸しつけ、払えないとわかれば、土地や家屋を我がものにした。女には身を売ることを勧め、男には遠いところに行くことを勧めた。その遠いところは、誰も見たことがない、遠いところである。

あの山城屋を死んだ娘が見たらどう言ったか。

「天から授かった命を、粗末にしては駄目よ」

およう はよくそう言った。きれいな目で相手をまっすぐ見つめて言った。

命を粗末にする者と出会うと、

「そのぶんを生きたいと願う人に与えればいいのに」

そう言ったものだった。

「およう……」

寿庵は亡くなった娘の名をつぶやいた。口にすると、癒《いや》される気がした。

たった十七で、はかない命を散らした娘だった。

だが、およう は最後に笑みをもらして死んでいったのである。

「大丈夫だから、おとっつぁん。あたしは別のものになるだけ。でも、そばにはいるから、絶対にいるから」

そう言ったとおり、おようはいつも自分のそばにいてくれているにちがいない。

おようは、出て行ったあれの母親の代わりに、小さいうちからわたしの仕事を手伝ってくれたものだった。おようは、顔を歪《ゆが》めて苦しむ患者や、饐《す》えた匂いの息を吐く患者ですら厭《いと》わなかった。

小さな菩薩《ぼさつ》のようだった……。

多くの患者から慕われ、おように看取られて拝みながら死んでいった者も大勢いたほどだった。

そんなおようでさえ、陰で悔しそうにつぶやくときがあった。

「どうして、あっちの人の命と、こっちの人の命を換えてあげられないのかしら」

その、おようの願いを、げむげむの兵士たちがかなえてあげていた。

おようによって救われた者が、いまは必死になって働いてくれていた。くだらぬ命を、善なる者へ差し出す崇高な兵士として。

出てきたばかりの山城屋の豪勢な店先を振り返って、寿庵は言った。

「そなたたちのくだらぬ命を」と。

その形相はいつもの穏やかな笑みを湛《たた》えた寿庵ではなかった。

顔を紅潮させ、吐き出すようにまた言った。

「愚者どもめが！」

夏木権之助の猫日記（六）　猫絵騒動

一

〈初秋亭〉に行くのに、今朝も永代橋を渡って来た夏木権之助だったが、渡り切ったところで、

――お、白猫斎《はくびょうさい》ではないか。

と、足を止めた。

白猫斎は、近ごろ知り合ったのだが、猫絵の名人と言われている。猫絵というのは、本物の猫の代わりに貼られるお札というか、呪《まじな》いというか、そんなものである。養蚕の盛んな上州《じょうしゅう》や奥州《おうしゅう》では、蚕をねずみの被害から守るため、猫を飼うところ

が多かった。ところが、この猫がどんどん高価になり、最近では一匹五両などという値がついたりするらしい。

そんな金を出せない養蚕農家は、本物の猫の代わりに、そっくりに描かれた猫の絵を蚕を育てる土蔵の壁に貼った。それが猫絵というもので、白猫斎の絵はとくにねずみが怖がると言われている。

夏木は声をかけようと思ったが、どうもようすがおかしい。

男三人を相手に話しているが、ひどく困ったような顔をしている。叱られているようにも見えなくはない。

——なにか粗相でもしたのか？

助けてやろうかとも思ったが、しばらくようすを見ることにした。相手は、身なりもいいし、やくざとかそういうのではない。真ん中の五十歳くらいの肥《ふと》った男は、見たような覚えもある。深川のどこか大店《おおだな》のあるじではなかったか。もしかしたら、借金の催促かもしれない。

まもなく男たちは、なにか言い捨てて、いなくなった。

「おう、どうした？」

夏木は近づいて声をかけた。

「これは夏木さま」

「誰だい、いまのは？」

「木曽屋《きそや》と名乗ってましたが、あたしは知らない人ですよ」

「木曽屋……ああ、木場の豪商ではないか」

「そうなので」

「なにか困ったことでも起きたのか？」

「じつは、あの人から、三十両やるので、しばらく猫絵を描くのをやめてくれと言われたんですよ」

「三十両！　大金ではないか」

家族四人が長屋暮らしをすると、だいたい一年間の生活費になる。四十近いがまだ独り身の白猫斎なら、一年は遊んで暮らせるだろう。

「ええ。あたしは一年、猫絵を必死で描いて売っても、そんなに稼げませんよ」

「じゃあ、引き受けたのか？」

「そういうわけにはいきませんよ。いちおう、あたしの猫絵を欲しがる人はいるんですから。それに絵師の誇りもありますしね。それで申し出を断わったら、最悪、絵が描けない腕にするという手もあるんだからなと脅されましたよ」

わきにいた二人は、手代兼用心棒みたいなやつだったらしい。

「そこまで言ったか。だが、変な話だな」

「変ですよね」

立ち話もなんなので、橋のたもとの水茶屋に座ることになった。

「なぜ、猫絵を描かせたくないのだ？」

と、夏木は訊《き》いた。

「訳は言わないんですよ」

「ふうむ。ねずみの応援でもしてるのかな」

「ねずみを応援しますか？」

「なにか、ねずみを使った商売でもしているのかもしれないぞ」

「聞いたことありませんよ」

夏木も考えたが、たしかにあまり思い浮かばない。

「だいたい猫絵の効果はそんなにあるものなのか？」

「いやあ」

と、白猫斎は手をひらひらさせながら笑った。

「ないのか？」

「ねずみだって、本物の猫かどうかくらいわかるでしょう。猫を買いたくても買えないからやっている呪いみたいなものですからね」

「だろうな」

「効かなかったから怒ったんですかね？」

「であれば、金を返せとは言っても、金をくれるわけはないだろうが」

「ですよね」

「なんだろうな？」

いまはまったく見当がつかない。

「気味が悪いですよ。夏木さま、助けてくださいよ」

「わかった」

と、夏木はこの依頼を引き受けた。

二

まずは、木場に木曽屋のようすを見に行くことにした。

三十三間堂《さんじゅうさんげんどう》の前を通って汐見橋《しおみばし》を渡りかけると、すでに木の香りがむせかえるほどである。

木曽屋は、木場の入り口に近い、金岡橋《かねおかばし》を渡ってすぐのところにあった。材木置き場との区別がないから、店の間口は半町（約五〇メートル）に近いくらいである。

大工やら職人やらが大勢出入りしている。その繁盛を見ていると、店の奥からさっき白猫斎と話していた肥った男が出て来た。

「旦那《だんな》さま。お帰りは？」

後から追いかけて来た番頭だか手代だかが訊いた。

「わからないね。夜の会合には、外からまっすぐ行くかもしれないよ」

そう答えて、夏木の前を通り過ぎた。用心棒兼手代は付いていない。

夏木は後をつけることにした。

三十三間堂、富岡八幡宮の前を通り過ぎ、永代寺のところで右に折れ、寺を見ながら堀沿いに進んで、山本町《やまもとちょう》に来た。

立ち止まり、人目を忍ぶようにして黒塀の戸を開け、サッとなかに入った。

「ふうむ」

建物は、こじゃれた二階建てである。目の前は掘割。二階からは、永代寺の庭も眺められるだろう。裏手は、小さな池くらいはありそうな庭になっているのではないか。刻《とき》の鐘のうるさいのを我慢すれば、贅沢《ぜいたく》な家だろう。

「なるほどな」

と、夏木はつぶやいた。

どういうものかはすぐに見当がついた。若い女を囲っているのだ。非難できる身ではない。夏木にも覚えがある。

「下手に囲ったりすると、かえって苦労するぞ。吉原あたりで適当に遊んでいたほうがよくはないか」

と、忠告の一つもしてやりたいくらいである。

だが、見てみたい気もある。

——やつの好みはどういうのか。

単なる好奇心である。もはや、そういうことを羨《うらや》む気持ちはない。

二階から顔でも出さないかと、堀沿いの柳の木の下に入っていると、さっき入って行った戸が開いて、木曽屋が飛び出して来た。

木曽屋は堀にでも飛び込むのかという勢いで、縁のところまで来ると、

「ああ、まったく気持ち悪くていられたもんじゃねえ。やだ、やだ」

大声でそう言って、頭を掻《か》きむしった。

たいそうな煩悶《はんもん》ぶりではないか。夏木は唖然《あぜん》として見守った。

「まったく、なにかいい手はないもんかね」

と、木曽屋はさらに言った。

「相談に乗ろうか？」

夏木は思わず声をかけた。

三

「お武家さまは？」

木曽屋が怪訝《けげん》そうに訊いた。

「わしは、大川沿いの熊井町というところに初秋亭という庵《いおり》をむすんでいる者だがな」

夏木がそう答えると、

「初秋亭の旦那でしたか！」

木曽屋は嬉《うれ》しそうに破顔した。

「知ってたのか？」

「知ってるもなにも、相談に行きたいと思っていたんですよ。なんでも解決してくれると、評判ですからね」

「それほどでもないのだがな」

近ごろ初秋亭のよろず相談が噂になっているとは聞いていたが、まさか木場の旦那衆にまで知れ渡っているとは思わなかった。ただ、藤村慎三郎が木場の実力者である三原《みはら》屋の面倒ごとを解決してやったこともあるので、そっちから話が広まったのかもしれない。

「ぜひ、聞いてください」

「ああ。ここではなんだから、門前の水茶屋にでも行こうか」

と、場所を移した。

「じつは、妾《めかけ》を囲ってましてね」

やり手の商人らしく、話は単刀直入である。

「まあ、木場の旦那あたりはいないほうが少ないわな」

「小春《こはる》というんです」

「可愛い名前ではないか」

「猫が好きでね」

「ほう」

「家で二匹飼っていたんです。白猫と黒猫だったんですが」

「なるほど」

「それで、あるとき使わなくなった飾り棚を焼いてしまおうと思い、庭の隅で油をかけ、火をつけたんです。まさか、ちょっとした隙に、そのなかに猫二匹が入っているなんて、思いもしないでね」

「ありゃあ」

夏木は顔をしかめた。それは想像したくない光景である。

「ぎゃあぎゃあ鳴きましたけど、炎の勢いが強くてどうにもなりませんでしたよ」

「………」

「もう怒るのなんのって。新しい猫を飼えばいいだろうと言ったら、別の猫は代わりにはならないと。旦那は、妾もそんな程度なんでしょうねと、話は変なほうに行ったりしましてね」

「ま、それはしょうがないな」

「それで、死んだ猫にそっくりの猫絵を見つけたので、それを家に貼ることにしたって。一枚や二枚ならいいですよ。もう家の壁じゅう猫の絵だらけですよ」

「ははあ」

白猫斎の話とつながってきた。

「まるで、化け猫に祟《たた》られたみたいで、あの家にいると、気がおかしくなりそうなんですよ。しかも、まだまだ貼るつもりなんです」

「なるほど」

「それで、これ以上、猫絵を増やさせないようにするには、どうしたらいいか考えて、どうやら白猫斎とかいう絵師の描く猫がそっくりみたいなんで、その絵師にいちおう頼んではみたんですが、どうも猫絵描きに誇りを持っているみたいでね」

「よくわかった」

「なんとかなりますか？　もちろん、お礼はしっかりさせていただきますが」

「まかせてくれ」

夏木は内心でにんまりした。こういうのは、二重請負とでも言うのだろうか。

四

木曽屋から も頼まれたということは明かさず、なんであんな頼みごとをしたのか理由はわかったと、白猫斎に報告した。

「ははあ。ええ、まとめて買ってくれる若い女がいます」

「いい女か？」

夏木はつい訊《き》いてしまった。

「好き好きでしょう。あたしは、狐が化粧したふうに見えました」

「なるほど」

少なくとも夏木の好みではない。

白猫斎は、ぽんと手を打って、

「それなら、こうしましょう。あの女は、白猫と黒猫の絵ばかり欲しがるので、しばらくは三毛猫と虎猫だけ描くことにしますよ。それなら、あの女も新しい絵は買わないでしょう」

「なるほど。その手があったか」

夏木は感心したのだった。

木曽屋が、重そうな菓子箱を持って、初秋亭にやって来たのは、それから半月ほどしてからである。菓子箱の底には、たぶん三十両ほど入っているのだろう。豪商などからは、遠慮なくいただくことにしている。初秋亭の仕事は、ただ働きのほうが多いのである。

「どうも、夏木さまにはお世話になりまして」

　木曽屋は神妙な顔で言った。

「うまくいったのかな？」

　それにしては、木曽屋はあまり嬉しそうではない。

「ええ。白猫と黒猫の絵を貼るのはぴたりとやめました」

「それはよかったではないか」

「そのかわり、あたしがいちばん嫌いな亀を飼い始めたのです。あたしは子どものころ、スッポンに咬《か》みつかれたことがあって、以来、亀は見ただけで腰が抜けそうになるんです。あいつはそれを知っていたはずなんです」

「どういうことだ？」

「要は、あたしの世話にはなりたくないということなんです。いままでは猫がいたから、どうにか我慢できたけど、猫がいなくなったら、旦那《だんな》のことが嫌で仕方がないのだと」

「そういうことか」

「あたしも、深川では気っ風《きぷ》の良さで知られた木場の材木商です。そこまで言われては、わかった、好きにしなと言うしかありませんよ」

とは言ったが、ひどく落ち込んでいるようすである。

「まあ、木曽屋なら、なりてはいくらもあるだろう」

夏木は慰めた。

「いやいや、もう妾には懲りました。猫でも飼うことにしますよ。じつはあれを囲っているうちに、猫のことは可愛いと思うようになっていたんですよ」

「そりゃあいい」

と、夏木は木曽屋の顔を見ながら言った。

なにかを諦《あきら》めた男の顔というのは、いいものなのである。

本書は二〇〇八年五月、二見時代小説文庫から
刊行されました。
「夏木権之助の猫日記（六） 猫絵騒動」は書き
下ろしです。

善《ぜん》鬼《き》の面《めん》
大《おお》江《え》戸《ど》定《てい》年《ねん》組《ぐみ》

風《かぜ》野《の》真《ま》知《ち》雄《お》

令和５年 １月25日　初版発行

発行者●山下直久

発行●株式会社KADOKAWA
〒102-8177　東京都千代田区富士見2-13-3
電話　0570-002-301（ナビダイヤル）

角川文庫 23511

印刷所●株式会社暁印刷
製本所●本間製本株式会社

表紙画●和田三造

●お問い合わせ
https://www.kadokawa.co.jp/（「お問い合わせ」へお進みください）
※内容によっては、お答えできない場合があります。
※サポートは日本国内のみとさせていただきます。
※Japanese text only

ISBN 978-4-04-111539-8　C0193

◇◇◇

角川文庫発刊に際して

角　川　源　義

第二次世界大戦の敗北は、軍事力の敗北であった以上に、私たちの若い文化力の敗退であった。私たちの文化が戦争に対して如何に無力であり、単なるあだ花に過ぎなかったかを、私たちは身を以て体験し痛感した。西洋近代文化の摂取にとって、明治以後八十年の歳月は決して短かすぎたとは言えない。にもかかわらず、近代文化の伝統を確立し、自由な批判と柔軟な良識に富む文化層として自らを形成することに私たちは失敗して来た。そしてこれは、各層への文化の普及滲透を任務とする出版人の責任でもあった。

一九四五年以来、私たちは再び振出しに戻り、第一歩から踏み出すことを余儀なくされた。これは大きな不幸ではあるが、反面、これまでの混沌・未熟・歪曲の中にあった我が国の文化に秩序と確たる基礎を齎らすためには絶好の機会でもある。角川書店は、このような祖国の文化的危機にあたり、微力をも顧みず再建の礎石たるべき抱負と決意とをもって出発したが、ここに創立以来の念願を果すべく角川文庫を発刊する。これまで刊行されたあらゆる全集叢書文庫類の長所と短所とを検討し、古今東西の不朽の典籍を、良心的編集のもとに、廉価に、そして書架にふさわしい美本として、多くのひとびとに提供しようとする。しかし私たちは徒らに百科全書的な知識のジレッタントを作ることを目的とせず、あくまで祖国の文化に秩序と再建への道を示し、この文庫を角川書店の栄ある事業として、今後永久に継続発展せしめ、学芸と教養との殿堂として大成せんことを期したい。多くの読書子の愛情ある忠言と支持とによって、この希望と抱負とを完遂せしめられんことを願う。

一九四九年五月三日